MENSCHEN IM KRIEG

ANDREAS LATZKO

FV ÉDITIONS

INHALT

Freund und Feind zu eigen

*»Ich weiß gewiss, die Zeit wird einmal kommen,
wo alles denkt wie ich.«*

1

DER ABMARSCH

Es war im Spätherbst des zweiten Kriegsjahres, im Lazarettgarten einer kleinen österreichischen Provinzstadt, die am Fuße bewaldeter Hügel, wie hinter einer spanischen Wand verkrochen, ihr verschlafen friedfertiges Dreinschauen noch immer nicht abgelegt hatte.

Tag und Nacht pfiffen die Lokomotiven, rollten die schwerbeladenen Züge mit singenden, geschmückten Soldaten, mit hochgeschichteten Heuballen, brüllendem Schlachtvieh, sorgfältig verschlossenen, finsteren Wagen mit Munition zur Front hinaus; krochen langsam die anderen heimwärts, gezeichnet mit dem blutenden Kreuz, das der Krieg über Wände und Insassen geworfen. Mit Raseschritten durcheilte die große Wut das Städtchen, ohne seine Ruhe verscheuchen zu können, als hätten die niederen, hell getünchten Häuser mit den zopfig verschnörkelten Fassaden stillschweigend das kluge Übereinkommen getroffen, den anspruchsvollen, lärmenden Gesellen, der da das unterste zu oberst kehrte, vornehm zu ignorieren.

In den Anlagen spielten die Kinder ungestört mit den großen, rostroten Blättern der alten Kastanien, Frauen standen schwatzend vor den Ladentüren, in jedem Gässchen schwebte irgendwo ein Mädchen mit buntem Kopftuch und rieb eine Fensterscheibe blank. Trotz der Spitalfahnen, die auf Schritt und Tritt von den Häusern wehten, trotz der vielen Tafeln, Aufschriften und Wegweiser, die der Eindringling dem wehrlosen Städtchen ins Antlitz geheftet, schien da, kaum fünfzig Kilometer hinter dem Gemetzel, dessen Schein, in klaren Nächten, wie Theaterfeuer über den Horizont zuckte, der Frieden immer noch in Permanenz. Wenn, für Augenblicke, der Strom der schweren, fauchenden Kraftwagen und rasselnden Fuhrwerke versiegte, kein Zug über die Eisenbahnbrücke polterte, und zufällig auch kein Trompetensignal und kein Säbelklirren kriegerisch tat, dann steckte das trotzige kleine Nest blitzschnell sein gutmütig-stumpfsinniges Provinzgesicht auf, um sich vor dem nächsten Generalstabsauto, das mit wichtigtuerischer Schnelle um die Ecke bog, resigniert hinter die schlechtsitzende Soldatenmaske zu verkriechen.

Wohl brummten in der Ferne die Kanonen, als kauerte eine ungeheure Dogge irgendwo tief unter der Erde, sprungbereit den Himmel anknurrend. Das dumpfe Bellen der großen Mörser klang herüber, wie schweres Husten aus der Krankenstube die Wachenden schreckt, die mit rotgeweinten Augen nebenan zum Sterbenden hinüberlauschen. Auch die langen, niederen Häuserreihen zuckten klirrend zusammen, horchten erschüttert auf, so oft dies Husten den Boden krampfte, als läge die Kriegsnot, wie ein Alp, würgend auf der Brust der Welt. Erstaunt blickten die Straßen einander in die Augen, schläfrig blinzelnd im Widerschein der Nachtlämpchen, die drin ihre fröhlich huschenden Schatten über dichtgereihte Betten jagten. Gellende Schreie, Wimmern, Stöhnen sandten die notgepfropften Räume in die Nacht hinaus. Jeder menschliche Laut, der durch die offenen Fenster drang, fiel wie ein wütender Angriff die Stille an, war wilde Anklage gegen den Krieg, der da vorne seine Arbeit tat und zerfetzte Menschenleiber wie Abfall hinter sich warf, alle Häuser mit seinem blutigen Kehricht füllend.

Aber die schönen, schmiedeeisernen Brunnen auf den Plätzen rauschten doch gleichmütig weiter, plauderten mit beruhigender Ausdauer von den Tagen ihrer Jugend, da die Menschen noch Zeit und Sorgfalt für edel geschwungene Linien gehabt, Krieg eine Angelegenheit für Fürsten und Abenteurer gewesen. Aus jedem Schnörkel und jeder Ecke strömte das Märchen, lief auf leisen Sohlen, von Frieden und Behagen flüsternd, wie eine unsichtbare Klatschbase durch alle Gässchen, und die greisen Kastanienbäume nickten zustimmend, strichen mit dem Schatten ihrer gespreizten Finger besänftigend über die erschrockenen Fassaden. So dicht wucherte die Vergangenheit aus den rissigen Mauern, dass jedem, der in ihren Kreis trat, Brunnenrauschen den Kanonendonner übertönte, die Kranken und Wunden besänftigt hinaushorchten vom heißen Lager in die geschwätzige Nacht, bleiche Männer, die man auf wippenden Bahren durchs Städtchen trug, die Hölle vergaßen, aus der sie kamen, und selbst die schwerbepackten Opfer, die im nächtlichen Eilmarsch dröhnend vorbeizogen, milde wurden für eine Wegspanne, als wären sie dem Frieden begegnet und ihrem eigenen, unbewaffneten Ich, im Schatten der Pfeiler und blumengeschmückten Erker. Es erging dem Kriege wie dem Fluss, der von Norden her in tobender Eile aus den Bergen kam, schäumend vor Wut über jedes Steinchen, das ihm den Weg vertrat; – und der am anderen Ende, bei den letzten Häusern, doch sanft gerührt Abschied nahm von der Stadt, ganz gebändigt, ganz leise plätschernd, wie auf Fußspitzen, wie eingeschläfert von all' der Verträumtheit, die er gespiegelt. Breitspurig trat er ins weite Wiesenfeld hinaus, einen Bogen schlingend um das Garnisonsspital, das im Schatten dickleibiger Platanen wie auf einer Insel stand. Von drei Seiten her mischte sich das Murmeln der trägen Flut in das Rascheln der Blätter, als stimmte der Garten, wenn die Dämmerung auf ihn fiel, mitleidig ein Schlummerlied an für die Geschundenen, die da in Reih und Glied zu leiden hatten, reglementiert bis in den Tod hinein, bis ans Grab, in das man sie, verunglückte Schuhmacher, Klempnergesellen, Bauernknechte und Schreiberseelen, mit großmäuligen Gewehrsalven verscharrte.

Der Zapfenstreich war eben verklungen; die Wache hielt die Runde, stöberte im Schatten der großen Allee drei Nachzügler auf und jagte sie ins Haus.

– Seid's ös vielleicht Offiziere, was? brummte gemütlich polternd der Kommandant, ein stämmiger Landsturmkorporal mit ergrauten Schläfen.

– Mannschaft g'hört ins Bett um neune! –

Und nur um seine Würde zu wahren, fügte er mit schlecht gespielter Bärbeißigkeit die Drohung hinzu:

– Alsdann! Is g'fällig oder net? –

Beinahe hätte er die in solchen Fällen übliche Drohung, dem Einen oder Anderen »Beine zu machen«, schon ausgesprochen, aus Gewohnheit; doch konnte er im letzten Moment den Satz noch verbeißen und schnitt ein Gesicht, als hätte er sich verschluckt. Denn die Drei, die nun ergeben dem Mannschaftseingang zuhumpelten, hätten gewiss nichts einzuwenden gehabt gegen das Beinemachen. Sie krochen, zu dritt, auf zusammen zwei Füßen und sechs klappernden Krücken. Als hätten Regisseurhände, ängstlich um Symmetrie besorgt, das lebende Bild gestellt, ging rechts Einer, der nur sein rechtes Bein behalten hatte, links sein Pendant, auf dem linken Fuße hüpfend; und in der Mitte schaukelte, zwischen zwei hohen Krücken, der armselige Rest eines Menschenleibes, die leeren Hosenbeine übers Kreuz auf die Brust gesteckt, so kurz, dass der ganze Mann in einer Kinderwiege Platz gefunden hätte.

Mit gesenktem Kopf und geballten Fäusten, wie geduckt unter der Last des Anblicks, starrte der Korporal der Gruppe nach, knurrte einen Fluch, der nicht gerade patriotisch klang, und spie in weitem Bogen zischend durch die Vorderzähne. Als er sich zum Gehen wandte, schlug vom anderen Ende des Gartens, aus der Richtung des Offiziersflügels, schallendes Gelächter an sein Ohr. Versteinert blieb er stehen, zog den Kopf ein, wie aufs Genick geschlagen, und über sein breites, gutmütiges Bauerngesicht huschte ein Schein von unbändigem Hass. Er spie noch einmal aus, um sich zu beruhigen, nahm einen Anlauf und passierte, stramm salutierend, die lustige Gesellschaft.

Die Herren dankten lässig. Sie saßen, – angesteckt von dem Behagen, das wie eine Wolke über dem ganzen Städtchen schwebte, – fröhlich plaudernd auf vier, zu einem Quadrat zusammen geschobenen Bänken vor dem Hause, sprachen vom Krieg und – lachten, wie vergnügte Schulkinder, die freudig von überstandenen Prüfungsängsten schwatzen. Jeder hatte seine Pflicht getan, sein Teil abbekommen und saß nun, im Schutze seiner Wunde, in molliger Erwartung auf Heimurlaub, Wiedersehen, Gefeiertwerden und wenigstens zwei ganze Wochen als unnumerierter Mensch.

Am lautesten lachte der junge Leutnant, den sie »Musulmann« nannten, wegen seiner mohammedanischen Kopfbedeckung als Offizier eines Bosnjakenregiments. Eine herabsausende Hülse hatte ihm das linke Bein gebrochen und gründlich, denn es lag seit Wochen schon verschient und eingewickelt in starrer Gipshülse, sorgfältig gehegt von seinem Besitzer, der es, auf Krücken gestützt, wie einen fremden, ihm anvertrauten Wertgegenstand mit sich trug.

Auf der Bank gegenüber dem Musulmann saßen zwei Herren: ein Rittmeister – der einzige Aktive in der Gesellschaft – mit einem Querschläger im rechten Arm und ein Artillerieoffizier, in Zivil Privatdozent der Philosophie – daher kurz »Philosoph« genannt – mit einer schon verheilenden Hasenscharte, die ihm ein Granatsplitter in die Oberlippe gerissen. Diese drei bestritten, mit den zwei Damen auf der Bank, die an der Mauer stand, allein die Unterhaltung; denn der vierte: Landsturmleutnant mit gelichtetem Hinterkopf, bekannter Opernkomponist in Zivil, saß versunken, mit zuckenden Gliedern und unstet irrenden Augen auf seiner Bank, ohne Anteil zu nehmen am Gespräch. Er war vor einer Woche erst eingeliefert worden, mit einer schweren Nervenerschütterung, die er sich auf dem Doberdo-Plateau geholt. In seinem Blick kauerte noch das Grauen. Finster vor sich hinbrütend ließ er willenlos alles mit sich geschehen, ging zu Bett oder saß im Garten, von den anderen wie durch eine unsichtbare Wand getrennt, auf die er stierte. Selbst die unverhoffte Ankunft seiner hübschen, blonden Frau hatte die Vision des grausigen Erlebnisses, das ihn aus dem Gleichgewicht gebracht, für keinen Augenblick verscheuchen können. Das Kinn auf der Brust, ließ er die geflüsterten Koseworte seiner Frau ohne ein Lächeln über sich ergehen, rückte, wie von einem Krampf gepackt, wie gepeinigt bei Seite, so oft sie, mit unendlich viel Liebe in den Fingerspitzen, ängstlich eine Berührung mit seinen armen, zitternden Händen suchte.

Schwere Tränen rollten über die zärtlichkeitshungrigen Wangen der kleinen Frau, die sich so tapfer durch alle Sperrzonen gekämpft hatte, bis zu dem Spital im Kriegsgebiet – und nun, nach der erlösenden Freude: ihren Mann lebend, unverstümmelt wiedergefunden zu haben, plötzlich einen rätselhaften Widerstand spürte, ein letztes, unerwartetes Hindernis, das sie nicht mehr wegbetteln, nicht wegweinen konnte, und das doch da war, sie unbarmherzig von dem Ersehnten trennte. In qualvoller Ratlosigkeit saß sie lauernd neben ihm, zermarterte sich das Hirn, ohne eine Erklärung finden zu können für die Feindschaft, die aus ihm strahlte. Ihre Augen durchbohrten die Finsternis, ihre Hände gingen immer wieder den gleichen Weg, sich schüchtern vorwärtstastend, um wie versengt, zurückzuzucken, wenn sein gehässiges Ausweichen sie von Neuem in Verzweiflung stürzte.

Es war hart, so den Schmerz verbeißen zu müssen, nicht mit einem vorwurfsvollen Aufschrei ihrem Manne das Geheimnis entreißen zu können, das er in seinem Elend noch so trotzig zwischen sich und seine einzige Stütze schob. Hart war es auch, mit geheuchelter Fröhlichkeit über das »glückliche« Wiedersehen teilzunehmen an der leichtfertigen Unterhaltung; immer wieder etwas erwidern müssen und nicht die Geduld zu verlieren über das ewige Kichern der Andern. Die freilich hatte es leicht! Wusste den Mann geborgen bei einem höheren Kommando hinter der Front und war der Langeweile ihres kinderlosen Hauses hierher entflohen, in das ereignisreiche Leben des Spitals. Seit sieben Uhr abends saß sie, aufbruchbereit, in Hut und Jacke, ließ sich immer wieder zum Bleiben bewegen und schäkerte lustig drauf los, als wüsste sie nichts mehr von all den Qualen, die sie tagsüber in dem Hause gesehen, an das sie den Rücken lehnte. Die traurige kleine Frau atmete auf, als die Dunkelheit so dicht geworden war, dass sie unauffällig abrücken konnte von der frivolen Schwätzerin.

Und doch war die Frau Major, trotz des aufreizenden Gekutters, der wichtigtuerischen Miene, mit der sie von ihren »Schwesternpflichten« sprach, durchdrungen von einem Gefühl, das sie – ohne ihr Wissen – hoch über sie selbst emporhob.

Die große Mütterlichkeitswelle, die über alles weibliche hereinbrach, als den Männern die schwere Stunde geschlagen, trug auch sie. Die drei Männer, in deren Kreise sie jetzt mollig in Redensarten plätscherte, hatte sie – wie tausend andere – blutüberströmt, unbeholfen, vor Schmerzen wimmernd gesehen; und etwas von der Freude der

Henne, deren Küken flügge werden, durchwärmte ihre Koketterie. Seit die Männer hockend, kriechend, hungernd Monat auf Monat den eigenen Tod austragen, wie Frauen ihre Kinder, – seit Dulden und Warten, passives sich Abfinden mit Gefahr und Schmerz das Geschlecht gewechselt, fühlen die Frauen sich stark, und selbst in ihrer Lüsternheit glimmt noch ein wenig von der neuen Leidenschaft des Bemutterns.

Die traurige blonde Frau, eben erst angekommen aus einer Zone, in welcher der Krieg nur in Gesprächen lebt, ganz auf ihren einzigen Mann eingestellt, litt unter der geschlechtslosen Vertraulichkeit, die sich da im Schatten von Tod und Qualen breit machte, im Lazarettgarten, den die Dunkelheit immer mehr verschlang. Die anderen aber waren daheim im Kriege, sprachen seine eigene Sprache, gemischt aus trotziger Lebensgefräßigkeit, einer paradoxen Milde in den Männern, geboren aus Übersättigung an Rohheit und einer seltsamen, geschwätzigen Kaltblütigkeit der Frau, die so viel von Blut und Sterben gehört, dass ihre ewige Neugier wie Härte und hysterische Grausamkeit klang.

Der Musulmann und der Rittmeister hechelten den Philosophen durch, spöttelten wegwerfend über Wortfuchser, Tüftler und ähnliche Tagediebe und freuten sich kindisch über seine breit lächelnde Verlegenheit vor der Frau Major, die, aus weiblichem Anstand, der wehrlosen Gutmütigkeit des Philosophen ihren Beistand lieh, während ihre

Augen voll passionierter Zuneigung zu den anderen hinüberblitzten, die ihre Fäuste patzig im Munde führten.

– Lassen Sie doch den armen Herrn Oberleutnant in Ruh' – wehrte sie ab mit gurrendem Lachen, – er hat recht. Der Krieg ist scheußlich. Die Zwei ziehen Sie ja doch nur auf! – zwinkerte sie begütigend hinüber.

Der Philosoph schmunzelte phlegmatisch und schwieg. Der Musulmann gab seinem Bein, das, weiß schimmernd, einzig von ihm sichtbar blieb in der Finsternis, mit leisem Zähneknirschen eine bessere Lage auf der Bank und lachte laut auf:

– Der Philosoph? Ja, was weiß denn der Philosoph vom Krieg, Frau Major? Der is' ja doch Artillerist! Krieg führt nur die Infanterie. Wissens Frau Major ...

– Hier heiße ich »Schwester Engelberta« – fiel sie ein und ihr Gesicht wurde fast ernst für einen Augenblick.

– Pardon, Schwester Engelberta! Artillerie und Infanterie, das is' nämlich wie Mann und Frau. Wir Infanteristen müssen das Kind auf d'Welt bringen, wann ein Sieg geboren werden soll. D'Artillerie hat nur's Vergnügen, wie der Mann in der Liebe; fahrt stolz vor, wann's Kind schon aus der Tauf gehoben wird. Hab ich nicht recht, Herr Rittmeister? Du bist ja jetzt auch Reiter zu Fuß. –

Der Rittmeister stimmte dröhnend ein. Laut seiner summarischen Anschauung gehörten Abgeordnete, die nicht genug Geld fürs Militär bewilligten, Sozialisten und Pazifisten, kurz alles was sprach, schrieb, überflüssige Worte machte und »vom G'scheit sein lebte« in das gleiche Kapitel »Bücherwurm« wie der Philosoph.

– Ja, ja, – sagte er mit seiner überschrieenen Stimme, – für d'Artillerie is' so a Philosoph grad's Rechte. Auf'm Berg oben hock'n und zuschaun, sonst tun's ja eh nix. Wann's nit unsere eigenen Leut z'ammschießn! Mit dene Katzlmacher vor uns, sein mir immer leicht fertig worn; aber vor euch Meuchelmörder im Rücken hab ich immer an Mordsrespekt g'habt. Aber jetzt hört's endlich auf vom Krieg zu reden, sonst geh ich schlafn. Da sitzt man endlich mit zwei reizenden Damen, sieht nach langer Zeit wieder ein G'sicht ohne Bartstoppeln, und Ihr sprichts immer noch von der damischen Schießerei. Herrgott, wie zu mir in' Lazarettzug das erste blonde Mäderl reinkommen is, mit'm weißen Häuberl auf'm Wuschelkopf, ich hätt's am liebsten bei der Hand g'nommen und immer nur ang'schaut. Ehrenwort, Frau Major: Das bisl Schießen wird einem höchstens fad mit der Zeit; die Haustierln sind schon ärger; aber's Ärgste ist das vollkommene Fehlen der holden Weiblichkeit. Fünf Monat lang nix als Männer sehn, – und dann auf einmal wieder so an helles, liebes Frauenstimmerl hören! ... Das is' doch's Schönste! Dafür lohnt sich's schon in Krieg zu gehen. –

Der Musulmann verzog sein bewegliches, von Jugend blitzendes Gesicht zu einer Grimasse:

– Das Schönste? ... Nein, weißt Herr Rittmeister,

wann ich aufrichtig sein soll ... gebadet wer'n, dann, mit'n frischen Verband, ins saubere, weiße Bett hinein, und wissen, dass ma sei' Ruh habn wird für a paar Wochen, ... das is' a G'fühl, wie ... Da gibt's überhaupt kein Vergleich. Aber wieder einmal Damen sehen is' freilich auch sehr schön.

Der Philosoph hatte seinen runden, fleischigen Epikuräerkopf schief auf die Schulter gelegt; seine kleinen, listigen Augen bekamen einen feuchten Glanz. Er blickte hinüber, wo ein heller Fleck, in der fast greifbar gewordenen Finsternis, das weiße Kleid der Frau Major vermuten ließ und hub in einem leise singenden Ton, ganz langsam zu erzählen an:

– Das Schönste ist, finde ich, die Stille. Wenn man da oben in den Bergen gelegen ist, wo jeder Schuss fünfmal hin- und hergeworfen wird, und dann ist's auf einmal ganz still, kein Pfeifen, kein Heulen, kein Donnern, nichts als eine herrliche Stille, der man zuhören kann, wie einem Musikstück – – – Ich habe die ersten Nächte sitzend durchwacht und die Ohren gespitzt auf dieses Schweigen, wie auf eine Melodie, die man von weitem erhaschen will. Ich glaube, ich habe sogar ein wenig geheult, so schön war's zuzuhören, dass man gar nichts mehr hört! –

Der Rittmeister schleuderte seine Zigarette weg, dass sie, wie ein Komet, funkensprühend durch die Nacht flog und schlug sich klatschend auf den Schenkel.

– Na, also – rief er höhnisch – hab'ns das ver-

standen, Frau Major? »Zuhören, dass man nix hört.«
Seh'ns, das heißt man Philosophie. Ich weiß aber
noch was Schöneres, du! Nämlich: nicht zu hören,
was man hört. Besonders wann's so an philosophi-
schen Stiefel zu hören gibt. –

Man lachte, – und der Gehänselte lächelte gutmütig mit. Auch er war ganz durchtränkt von dem
Frieden, der aus der schlafenden Stadt in den
herbstlichen Garten herüberwehte, und die aggres-
siven Scherze des Rittmeisters perlten an ihm ab,
wie alles, was geeignet gewesen wäre, die Süße der
wenigen Tage, die ihn von der Rückkehr an die
Front noch trennten, zu mindern. Er wollte seine
Zeit ausgenießen, behäbig, mit geschlossenen Augen; wie ein Kind, das ins finstere Zimmer muss.

Die Frau Major beugte sich vor:

– Über das Schönste gehen also die Meinungen
auseinander, – sagte sie, und ihr Atem ging rascher,
– was war aber das Grässlichste, das Sie draußen
erlebt haben? Viele sagen das Trommelfeuer wäre
das Grässlichste; viele können den Ersten, den sie
fallen gesehen haben, nicht verwinden. Und Sie? –

Der Philosoph, an den die Frage gerichtet war,
schnitt ein gequältes Gesicht. Dieses Thema passte
so gar nicht in sein Programm. Er suchte noch nach
einer ausweichenden Antwort, als ein unverständli-
cher, röchelnder Ausruf alle Augen in die Ecke zog,
in welcher der Landsturmoffizier und seine Frau saßen. Man hatte die Beiden fast schon vergessen in
der Dunkelheit und wechselte erschrockene Blicke,
als der torkelnde Mann mit den erloschenen Augen,

die zerbrochene Gliederpuppe, deren Stimme kaum einer kannte, jetzt im krähenden Diskant hastig zu reden anfing:

– Grässlich? Grässlich ist nur der Abmarsch – rief er – Man geht, – – – und dass man gelassen wird, das ist grässlich! –

Ein kaltes, würgendes Schweigen folgte seinen Worten; selbst das ewig fröhliche Gesicht des Musulmannes erstarrte in peinlicher Verlegenheit. Das kam so unerwartet, klang so unverständlich und hatte – vielleicht durch das Vibrieren der Stimme aus dem zitternden Leib oder den gurgelnden Nebenton, der wie überschrieenes Schluchzen klang – doch alle an der Kehle gepackt und ließ die Pulse schneller schlagen.

Die Frau Major sprang auf. Sie hatte den Mann ankommen gesehen, auf eine Bahre geschnallt, weil ihn das Weinen so hoch schleuderte, dass die Träger nicht anders seiner Herr werden konnten. Irgendetwas unsagbar Hässliches hatte, – so hieß es, – den armen Teufel halb um seinen Verstand gebracht, und die Frau Major durchzuckte jäh die Angst vor einem Tobsuchtsanfall. Sie kniff den Rittmeister in den Arm und rief mit geheuchelter Eile:

– Um Gotteswillen! Da klingelt ja schon die letzte Tramway! Schnell, schnell, gnädige Frau, wir müssen laufen.

Alle waren aufgestanden; die Frau Major hatte sich in den Arm der unglücklichen kleinen Frau eingehakt und drängte immer hastiger:

– Wir müssen eine Stunde zu Fuß gehen bis zur Stadt, wenn wir die Elektrische verpassen.

Ratlos, am ganzen Leibe zitternd, beugte die Frau sich noch einmal zu ihrem Mann hinab, um Abschied zu nehmen. Sie fühlte genau, dass dieser Aufschrei ihr galt; dass er einen grimmigen, tödlichen Vorwurf enthielt, den sie nicht begriff. Sie fühlte ihren Mann zurückweichen, sich verkrampfen unter der Berührung ihrer Lippen und schluchzte auf, bei dem grässlichen Gedanken an die endlose Nacht in dem frostigen, verwahrlosten Hotelzimmer, allein mit diesem quälenden Zweifel. Aber die Frau Major zog sie mit sich, zwang sie zum Laufen; ließ sie erst wieder los, als sie schon, an der Torwache vorbei, auf die Straße traten.

Die Herren blickten ihnen nach, sahen die Figuren im Scheine der Straßenlaterne noch einmal auftauchen, horchten dem Sausen der Trambahn nach. Der Musulmann griff nach seinen Krücken, blinzelte dem Philosophen bedeutungsvoll zu und sprach gähnend von Schlafengehen. Der Rittmeister sah neugierig auf den Kranken hinab, fühlte Erbarmen und wollte dem armen Teufel eine Freude machen. Er klopfte ihm auf die Schulter und sagte in seiner burschikosen Art:

– Eine fesche Frau hast, das muss man sagen. Mein Kompliment!

Im nächsten Augenblick fuhr er erschrocken zurück. Das kümmerliche, zusammengesunkene Häufchen auf der Bank sprang plötzlich hoch, wie emporgeschnellt von einer jäh erwachten Kraft.

– Fesche Frau? Ja, ja. Schneidige Frau! – kam es geifernd über die zuckenden Lippen, mit einer Wut, die wie brodelnd die Worte schleuderte, – hat keine Träne vergossen beim Einwaggonieren. Waren alle fesch, wie wir abmarschiert sind. Auch die Frau vom armen Dill. Sehr schneidig! Hat ihm Rosen nachgeworfen in den Zug und war erst seit zwei Monaten seine Frau. – Er kicherte höhnisch und ballte die Fäuste, schwer ankämpfend gegen die Tränen, die ihm in der Gurgel glühten. – Rosen, hehe, und »auf Wiedersehen« gerufen. So patriotisch waren sie alle! Gratuliert hat unser Oberst dem Dill, weil seine Frau sich so stramm gehalten hat, beim Abmarsch. So stramm, verstehst du, als ging's zum Manöver.

Torkelnd, auf weit auseinandergespreizten Beinen, stand der Leutnant jetzt aufrecht, stützte sich auf den Arm des Rittmeisters und starrte ihm mit seinen unsteten Augen erwartungsvoll ins Gesicht.

– Weißt du, was ihm geschehen ist, dem Dill? Ich war dabei. Weißt du was? –

Ratlos blickte der Rittmeister auf die andern. – Geh, komm schlafen. Reg di' net auf! – stammelte er verlegen.

Mit einem Triumphgeheul fiel ihm der Kranke ins Wort, keifend, mit unnatürlich hoher Stimme:

– Weißt nicht, was ihm geschehen ist, dem Dill? Weißt nicht? So sind wir gestanden, wie jetzt. Er hat mir grad das neue Bild zeigen wollen, das ihm seine Frau geschickt hat. Seine tapfere Frau, hehe, seine gefasste Frau! Denn gefasst, das waren's alle. Auf alles gefasst! Und wie wir so steh'n, schlagt eine Achtundzwanziger ein – ganz weit von uns – gut zweihundert Schritt – haben gar nicht hing'schaut. Da seh' ich auf einmal was Schwarzes fliegen – und der Dill fallt um, mit dem Bild von seiner feschen Frau in der Hand, – und im Kopf steckt ihm ein Stiefel, ein Bein, ein Stiefel mit dem Bein von einem Trainsoldaten, den die Achtundzwanziger zerrissen hat, ganz weit von uns. –

Einen Augenblick hielt er inne, starrte den Rittmeister triumphierend an. Dann sprach er weiter mit einem gehässigen Stolz in der Stimme, und doch ab und zu aussetzend, unterbrochen von einem merkwürdig glucksendem Stöhnen.

– Nichts hat er mehr gesagt, der arme Dill, mit dem Sporn im Schädel, so einem richtigen Kommisssporn, groß wie ein Fünfkronenstück. Nur die Augen hat er verdreht, traurig das Bild von seiner Frau angeschaut, dass sie so was hat zugeben können. – – – So was! – – So was, mein Lieber! – Zu viert haben wir ihm den Stiefel rauszieh'n müssen, – zu viert! Hin- und herdrehen haben wir ihn müssen, du! Bis ein Stück von seinem Gehirn mitgekommen ist, – wie ausgerissene Wurzeln, – wie ein grauer Polyp, ein krepierter, auf dem Sporn. – – –

– Geh, hör auf! – schrie wütend der Rittmeister, riss sich los und ging fluchend ins Haus. Die beiden anderen sahen ihm sehnsüchtig nach. Allein konnten sie den Unglücklichen doch nicht lassen. Er war, als der Rittmeister ihm den Arm entzog, erschöpft auf die Bank zurückgefallen, saß wimmernd, wie ein geschlagenes Kind, mit dem Kopfe auf der Lehne. Erst als der Philosoph leise seine Schulter berührte, um ihn, gut zuredend, zum Gehen zu bewegen, fuhr er von Neuem auf und brach in ein bellendes, hässliches Lachen aus.

– Aber wir haben sie ihm rausgerissen, seine fesche Frau. Zu viert haben wir gezogen bis sie draußen war. Ich hab ihn befreit! Raus, weg ist sie. Alle sind's weg. Meine ist auch weg; die Meine ist auch ausgerissen. Alle werden ausgerufen. Keine Frau gibts! Keine Frau mehr, keine – – –

Nickend sank sein Kopf nach vorne; über das tieftraurige Gesicht rollten langsam die Tränen.

Hinter seinem Rücken tauchte der Rittmeister wieder auf, gefolgt von dem kleinen Sekundararzt, der die Nachtwache hatte.

– Du musst jetzt ins Bett, Herr Leutnant – knarrte der Doktor mit forcierter Strenge.

Der Kranke warf den Kopf zurück, starrte verständnislos in das fremde Gesicht. Als der Arzt den Satz mit gehobener Stimme wiederholte, leuchteten seine Augen plötzlich auf und er nickte zustimmend.

– Müssen gehen, natürlich! – wiederholte er eifrig und seufzte schwer – Alle müssen wir gehen. Wer nicht geht, ist ein Feigling, und einen Feigling wollen sie nicht haben. Das ist's ja! Verstehst du nicht? Jetzt sind Helden modern. Die fesche Frau Dill hat einen Helden haben wollen zu ihrem neuen Hut, hehe. Darum hat der arme Dill sein Gehirn hinaustragen müssen. Ich auch, – Du auch! Musst sterben gehen, musst dich treten lassen, ins Gehirn treten! Und die Frauen schaun zu, – fesch, – weil's jetzt so Mode ist.

Er hatte seinen abgezehrten Leib mühsam an der Banklehne hochgestemmt, sah allen Umstehenden der Reihe nach fragend ins Gesicht, auf Zustimmung wartend.

– Ist das nicht traurig? – frug er leise. Dann, mit plötzlich wieder emporschnellender Stimme, von jäher Wut gepackt, schreiend, dass es unheimlich durch den Garten gellte: – Ist das nicht Betrug, he? Nicht Betrug? War ich ein Messerstecher? Ein Raufbold? War ich ihr nicht recht, am Klavier? Sanft und rücksichtsvoll haben wir sein müssen! Zartfühlend! Und auf einmal, weil die Mode gewechselt hat, wollen sie Mörder haben. Verstehst du das?

Losgelöst vom Arzt, stand er wieder torkelnd da, und seine Stimme sank allmählich zu einem wehleidigen Klageton herab, der, aus gepresster Kehle, gröhlend, wie das Lallen eines Trunkenen klang.

– Die Meine war auch fesch; versteht sich. Keine Träne! Ich habe gewartet, immer gewartet, wann sie zu schreien anfangen wird, wann sie mich endlich bitten wird auszusteigen, nicht mitzufahren, feig zu sein, für sie! Aber sie haben nicht den Mut gehabt; – keine hat den Mut gehabt; nur fesch haben's sein wollen. Meine auch! Meine auch! Mit dem Taschentuch gewinkt, wie die anderen.

Seine zuckenden Arme strebten, sich windend,

in die Höhe, als wollte er den Himmel zum Zeugen anrufen.

– Was das Grässlichste war, willst du wissen? – stöhnte er leise, sich unvermittelt wieder an den Philosophen wendend, – die Enttäuschung war das Grässlichste, der Abmarsch. Der Krieg nicht! Der Krieg ist, wie er sein muss. Hat's dich überrascht, dass er grausam ist? Nur der Abmarsch war eine Überraschung. Dass die Frauen grausam sind, das war die Überraschung! Dass sie lächeln können und Rosen werfen; dass sie ihre Männer hergeben, ihre Kinder hergeben, ihre Buben, die sie tausendmal ins Bett gelegt, tausendmal zugedeckt, gestreichelt, aus sich selbst aufgebaut haben, das war die Überraschung! Dass sie uns hergegeben haben – dass sie uns geschickt haben, geschickt! Weil jede sich geniert hätt' ohne einen Helden dazustehen; das war die große Enttäuschung, mein Lieber. Oder glaubst du, wir wären gegangen, wenn sie uns nicht geschickt hätten? Glaubst du? So frag doch den dümmsten Bauernburschen draußen, warum er eine Medaille haben möchte, ehe er auf Urlaub geht. Weil ihn sein Mädel dann lieber hat, weil ihm die Frauenzimmer dann nachlaufen, weil er mit seiner Medaille den anderen die Weiber vor der Nase wegangeln kann; darum, nur darum. Die Frauen haben uns geschickt! Kein General hätt' was machen können, wenn die Frauen uns nicht hätten in die Züge pfropfen lassen, wenn sie geschrien hätten, dass sie uns nicht mehr anschaun, wenn wir zu Mördern werden. Nicht Einer wär hinaus, wenn sie geschworen hätten, dass keine von ihnen ins Bett steigt mit einem Mann, der Schädel gespalten, Menschen erschossen, Menschen erstochen hat. Nicht Einer, sag ich euch! Ich hab's ja nicht glauben wollen, dass sie's so tragen können! Sie heucheln nur, hab ich gedacht; sie halten sich noch zurück; aber wenn erst der Pfiff kommt, dann werden sie aufschreien, werden uns herausreißen aus dem Zug, werden uns retten. Einmal hätten sie uns schützen können, und sie haben nur fesch sein wollen! Auf der ganzen Welt, nur fesch.

Wie zerbrochen saß er nun wieder auf der Bank, geschüttelt von einem sanften, kummervollen Weinen, den Kopf wehmütig hin- und herrollend auf der keuchenden Brust.

Hinter seinem Rücken hatte sich ein ganzer Kreis gebildet. Auch der alte Landsturmkorporal stand da, neben dem Arzt, mit vier Wachsoldaten, bereit, jeden Augenblick einzugreifen. Im Offiziersflügel waren alle Fenster aufgeflammt, notdürftig bekleidete Figuren beugten sich heraus und sahen neugierig in den Garten hinab.

Der Kranke musterte ängstlich die fremden, teilnahmslosen Gesichter. Er war erschöpft; die heisere Kehle gab keinen Laut mehr her. Seine Hand griff hilfesuchend nach dem Philosophen, der wie gebrochen an seiner Seite stand.

Nun hielt der Arzt den richtigen Augenblick für gekommen.

– Komm', Herr Leutnant, geh'n wir schlafen, – sagte er mit tölpelhaft formierter Gemütlichkeit, –

Die Weiber sind nun mal so. Da kann man nix mach'n.

Er wollte weiter reden, um den Kranken, im Gespräch, unbemerkt ins Haus zu locken; aber schon der nächste Satz blieb ihm vor Überraschung in der Kehle stecken. Das kraftlose, schlotternde Skelett, das sich von ihm und dem Philosophen eben noch wie ohnmächtig hatte aufrichten lassen, sprang ruckartig hoch, schnellte die Arme auseinander, dass die beiden, die ihn hatten stützen wollen, strauchelnd in den Kreis der Zuschauer flogen. Er duckte sich, in den Knien wippend, wie ein Lastträger mit schwerer Fracht im Nacken, und so hockend, mit schwellenden Adern, wiederholte er, keifend vor Wut, die Worte des Doktors.

– Sind nun mal so? ... Sind nun mal so? Seit wann denn, he? Hast du nie was von Suffragetten gehört, die Minister geohrfeigt, Museen in Brand gesteckt, sich an Laternenpfähle haben anketten lassen für das Stimmrecht? Für das Stimmrecht, hörst du? Und für ihre Männer nicht? Nicht einen Laut, nicht einen Schrei!

Einen Augenblick hielt er inne, atemholend; übermannt von wilder, würgender Verzweiflung. Dann raffte er sich noch einmal auf und schrie, mühsam gegen das Schluchzen ankämpfend, das ihn immer wieder gurgelnd erfasste, aus tiefster Not, wie ein gehetztes Tier:

– Hast du von einer gehört, die sich für ihren Mann vor den Zug geworfen hat? Hat eine für uns Minister geohrfeigt, sich an die Schienen gebunden?

Keine einzige hat man wegreißen müssen. Nicht eine hat gekämpft, nicht eine hat uns verteidigt. Nicht eine hat sich gerührt, in der ganzen Welt. Hinausgejagt haben sie uns! Den Mund verstopft haben sie uns! Die Sporen haben sie uns gegeben, wie dem armen Dill. Morden haben sie uns geschickt, sterben haben sie uns geschickt, für ihre Eitelkeit. Willst du sie verteidigen? Ausgerissen müssen sie werden! Ausgerissen wie Unkraut, mit der Wurzel! Zu viert müsst ihr zieh'n, wie beim Dill. Zu viert, dann muss sie raus. Bist du der Doktor? Da! Mach ihn aus meinen Kopf! Ich will keine Frau. Zieh, – zieh sie raus ...

Weit ausholend sauste seine Faust, wie ein Hammer, auf den eigenen Schädel, griffen seine gekrümmten Finger erbarmungslos in den spärlichen Haarwuchs am Hinterkopf, bis er, aufbrüllend vor Schmerz, einen ganzen Büschel ausgerissen in die Höhe hielt.

Im nächsten Augenblick lagen, auf einen Wink des Arztes, die vier Wachsoldaten schon keuchend über ihm. Er schrie, knirschte, schlug um sich, strampelte sich frei, schüttelte sie ab wie Kletten; auch der alte Korporal und der Doktor mussten mit zugreifen, dann erst gelang es, ihn ins Haus zu schleppen.

Hinter ihm leerte sich rasch der Garten. Als letzter humpelte der Musulmann, mit dem Philosophen an seiner Seite, dem Eingang zu. Vor dem Portal blieb er stehen, sah, im Schein der Laterne,

ernsthaft auf sein vergipstes Bein, das wie leblos
zwischen den Krücken hing.

– Weißt, Philosoph, da ist mir meine Hax'n doch
lieber. Narrisch wer'n, wie dieser arme Teufel, is
schon's Ärgste, was ei'm draußen passieren kann.
Dann schon lieber gleich ganz weg mit'n Kopf!
Oder meinst du, dass der noch mal wer'n kann?

Der Philosoph schwieg. Sein rundes, gutmütiges
Gesicht war aschfahl geworden; seine Augen
schwammen in Tränen. Er zuckte die Achseln und
half dem andern wortlos über die Treppe. Als sie
auf den Korridor traten, hörten sie weit irgendwo
im Haus noch Türen schlagen und einen letzten,
dumpfen Schrei.

Dann wurde es still. Die Fenster im Offiziersflügel
erloschen der Reihe nach, und bald lag der Garten,
wie eine buschige, schwarze Insel, in den Fluss ge-
schmiegt, der lautlos sich kräuselnd vorbeizog. Nur
das Husten der Geschütze brachte ein Windstoß ab
und zu, wie fernes Echo, aus dem Westen herüber.

Noch einmal knirschte der Kies, als die Patrouille, quer durch den Garten, zum Wachtgebäude
zurückmarschierte. Ein Soldat fluchte leise und nes-
telte an seiner zerrissenen Bluse. Die anderen at-
meten schwer, – wischten sich mit dem Handrücken
den Schweiß von der roten Stirne. Hinter ihnen ging
der alte Landsturmkorporal, die Pfeife im Mundwinkel, mit gesenktem Kopf. Als er in die Haupt-
allee einbog, flammte eben ein heller Feuerschein
über den Himmel und ein langes Rollen, das sich

schließlich knurrend in die Erde verkroch, machte alle Fenster erklirren.

Der Alte blieb stehen. Er horchte, bis das Grollen verstummt war, hob drohend die geballte Faust, spie in weitem Bogen zischend durch die Zähne und brummte, mit einem Ekel, der aus tiefster Seele kam:

– Pfui Teufel!

2

FEUERTAUFE

Eine halbe Stunde hatte die Kompanie am Waldrande gerastet; nun gab Hauptmann Marschner den Befehl zum Aufbruch. Er war, trotz der mörderischen Hitze, ganz blass und sah beiseite, während er Leutnant Weixler den Auftrag gab, dafür zu sorgen, dass innerhalb zehn Minuten alles marschbereit sei, bis auf den letzten Mann.

Eigentlich hatte er sich selbst überrumpelt mit diesem Befehl. Denn nun, das wusste er, gab es keinen Aufschub mehr! Wenn er Weixler auf die Mannschaft losließ, dann klappte alles; die Leute zitterten vor diesem knapp zwanzigjährigen Jungen, als wäre er der leibhaftige Teufel. Und manchmal schien es dem Hauptmann selbst schon, als hätte die baumlange, knochige Gestalt wirklich etwas Unheimliches an sich. Nie flammte auch nur ein Funken Wärme aus diesen kleinen, stechenden Augen, die immer eine flackernde Unruhe spiegelten, immer wie im Fieber glänzten. Nichts war jung an dem ganzen Menschen, außer dem kleinen, schütteren Schnurrbart über den verkniffenen Lippen, die sich nur auftaten, um mit hämischer Härte die Bestrafung eines Soldaten zu fordern. Ein Jahr fast hatte ihn Hauptmann Marschner schon an seiner Seite und hatte ihn noch nie lachen gehört; wusste noch nichts von seiner Familie, nicht woher er kam, ob er überhaupt Angehörige hatte. Er sprach nur selten, in kurzen, hastigen Sätzen, die er zischend hervorstieß. Wie das Brodeln einer verbissenen Wut, die in ihm kochte, klang alles, was er sagte und handelte, immer von Dienst oder Krieg, als gäbe es außer diesen beiden Dingen überhaupt nichts auf der Welt, was Worte lohnte.

Und diesem Menschen hatte das Schicksal den Streich gespielt, ihn das ganze erste Kriegsjahr hindurch im Hinterland zurückzuhalten! Elf und ein halb Monate dauerte schon der Krieg, und Leutnant Weixler hatte noch keinen Feind gesehen. Wenige Kilometer war er nur, gleich zu Beginn, über die russische Grenze gekommen, dann hatte ihn der Typhus erwischt, ehe er noch einen Schuss abgefeuert. Nun kam er endlich an den Feind! Hauptmann Marschner wusste, dass er ein Mannschaftsgewehr für sich mitschleppen ließ und seine gesamten Ersparnisse für ein Zielfernrohr geopfert hatte, um ganz auf Numero sicher zu gehen und genau zu wissen, wie viel Feinden er »das Lämpchen ausgeblasen«. Er war fast fröhlich geworden, seit man das Feuer schon aus der Nähe hörte, gesprächig, von einem nervösen Eifer getrieben, wie ein passionierter Jäger, wenn er die Fährte aufnimmt. Der Hauptmann sah ihn bald da, bald dort aus dem Gedränge auftauchen und wandte sich ab. Er wollte es nicht sehen, wie der Kerl seine armen, todmüden Leute drangsalierte, sie anfuhr, genau wie ein kläffender Schäferhund, der die Herde zusammentreibt. Lange, ehe die zehn Minuten vergangen waren, würde die Kompanie gestellt sein, dafür sorgte Weixlers Ungeduld; und dann, – dann gab es keinen Grund mehr, noch länger zu zaudern. Keine Möglichkeit mehr, den schweren Entschluss weiter hinauszuschieben!

Hauptmann Marschner tat einen tiefen Atemzug und sah mit merkwürdig gespannten, weit aufgerissenen Augen zum Himmel hinauf. Da vorne, jenseits des steilen Hügels, der jetzt noch die Aussicht auf das Gefechtsfeld versperrte, tackten, in atemloser Eile, unsichtbar die Maschinengewehre; und kaum eine Spanne hoch über dem Rande der Böschung schwebten, dicht gesät, kleine, gelb-weiße Päckchen, wie hochgeworfene Schneeballen in der Luft: die Sprengwolken des Sperrfeuers, durch das er seine Kompanie zu führen hatte.

Es war kein kurzer Weg! Zwei Kilometer noch, vom jenseitigen Fuße des Hügels bis zum Eingang der Laufgräben; und immer über freies Feld, ohne jede Deckung. Für eine Landsturmkompanie, für ehrwürdige Familienväter, die seit wenigen Stunden im Felde standen, jetzt erst ihre Feuerpause erhalten, zum ersten Mal Pulver riechen sollten, wahrlich keine kleine Aufgabe. Für den Weixler, der nichts anderes im Kopf hatte als das Verdienstkreuz, das er sich je eher holen wollte, – für solch einen zwanzigjährigen Raufbold, der die Welt um die eigene, hochwichtige Person rotieren ließ und noch keine Zeit gehabt hatte, das Leben schätzen zu lernen, mochte das nur ein aufregender Spaziergang sein, eine prickelnde Sache, bei der man sich so richtig fühlen, seine Unerschrockenheit ins rechte Licht setzen konnte. Im Stillen machte der sich wohl längst schon lustig über die Unentschlossenheit seines alten Hauptmanns und fluchte über diese letzte Rast, die ihn noch eine halbe Stunde länger auf seine erste Heldentat zu warten zwang.

Marschner mähte mit seinem Reitstock die hohen Grashalme nieder und schielte, von Zeit zu Zeit, verstohlen zu seiner Kompanie. Er merkte es an den schleppenden Bewegungen der Leute, an dem Widerstreben, mit dem sie sich erhoben, wie Kinder, die man aus dem Schlafe weckt, dass sie es längst schon erfasst hatten, wohin der Weg nun ging. Die lautlose Stille, in der sie ihre Bündel packten und eintraten in die Reihe, krampfte ihm das Herz zusammen.

Unermüdlich hatte er sich seit Kriegsbeginn auf diesen Augenblick vorbereitet. Tag und Nacht gegrübelt, sich's tausendmal vorgesagt, dass wo Höheres auf dem Spiele stand, die Not des Einzelnen nichts bedeutete; dass ein gewissenhafter Führer sich wappnen müsse mit Gleichgültigkeit. Und nun stand er da, – und merkte mit Schrecken, wie alle guten Vorsätze abbröckelten und nichts in ihm übrigblieb als heißes, grenzenloses Mitleid mit diesen aufgescheuchten Nesthütern, die sich so still ergeben bereit machten; gleichsam ihr Leben in die Hände nahmen wie ein kostbares Gefäß, um es in den Kampf zu tragen und dem Feinde vor die Füße zu werfen, als wäre es ihr Geringstes, was da in Scherben ging!

Ein Kaninchen, das man selbst großgezogen hatte, unter's Messer zu liefern; einen liebgewonnenen Haushund eigenhändig zum Schinder zu schleifen, schon solches hätte man ihm, dem gutherzigen »Onkel Marschner« – wie er in Bekanntenkreisen hieß – nicht zumuten dürfen. Und nun sollte er Menschen, die er selbst zu Soldaten ausgebildet, monatelang unter den Augen gehabt hatte, Menschen, die er wie seine Taschen kannte, ins Schrapnellfeuer hineinjagen! Was nutzten da alle tiefsinnigen Betrachtungen? Er sah nur die ängstlich flehenden Blicke, die seine Leute zu ihm hinüberschickten, um Schutz bittend, als glaubten sie, ihr Herr Hauptmann könne auch Flintenkugeln und Sprengstücken den Weg vorschreiben. Und dieses Vertrauen sollte er nun missbrauchen? Sollte diese bärtigen Kindsköpfe, die er vorgestern erst, von ihren Kleinen umringt, Abschied nehmen gesehen von den weinenden Frauen, jetzt ohne Rührung in den Tod kommandieren? Sollte unbekümmert weiter marschieren, wenn der eine oder andere getroffen hinfiel, sich jammernd in seinem Blute wälzte? Woher sollte er die Kraft nehmen zu solcher

Härte? Von dem höhern Ziele etwa? Es war nicht
da. Nicht mit den Händen zu fassen. Es war zu sehr
gesprochen, zu sehr nur Klang, als dass es ihm hätte
seine Soldaten verdecken können, die mit heim-
wärtsgewandter Seele dem Sperrfeuer entgegen-
bangten!

Wie ein Schlag in die Magengegend traf ihn die
Meldung, die ihm Leutnant Weixler strahlend, mit
geröteten Wangen ins Gesicht schmetterte. Das
klang so herausfordernd! Die dreiste Frage: »Nun,
warum freust du dich nicht auch auf die Gefahr,
wie ich?« war nicht zu überhören. Hauptmann Marschner strömte alles Blut in die Schläfen, er musste
den Blick abwenden, und seine Augen irrten unwillkürlich zu den Schrapnellwolken, trugen eine
Bitte, eine heimliche Invokation zu den dummen,
wahllos niederprasselnden Dingern hinauf: Sie
möchten diesem frostigen Burschen doch das
Leiden lehren, – ihn überzeugen von seiner Ver-
wundbarkeit!

Eine Sekunde später senkte er schon beschämt
den Kopf. Sein Zorn wuchs gegen den Menschen,
der ihm eine solche Regung hatte entlocken können.
– Danke. Lass die Leute »Ruht« stehen; ich muss
noch einmal nach den Pferden schau'n, – sagte er
gemessen, mit einer erzwungenen Ruhe, die ihm
wohl tat. Er wollte sich nicht drängen lassen, nun
erst recht nicht, und freute sich, als er den Leutnant
zusammenzucken sah; lächelte zufrieden in sich
hinein über das indignierte Gesicht, und das trotzige »Zu Befehl, Herr Hauptmann«, das lange nicht

mehr so schmetternd hell klang, sondern knirschend aus gepresster Kehle kam. Der Junge sollte nur auch einmal merken, wie wohl es tat, gebändigt zu werden! Sonst liebte er es ja, sich auf Kosten der Mannschaft an seiner Macht zu berauschen, triumphierend, als wäre es die Kraft seiner Persönlichkeit, die den Leuten Herr ward, und nicht das Dienstreglement, das immer ihm zur Seite stand.

Mit gemächlichen Schritten ging Hauptmann Marschner in den Wald zurück, doppelt froh, dass die Lektion, die er Weixler erteilt, seinen alten Knaben eine kurze Galgenfrist beschert hatte. Vielleicht sauste eine Granate vor ihrer Nase in die Erde, und diese wenigen Minuten retteten zwanzig Menschen das Leben. Vielleicht? ... Es konnte freilich auch umgekehrt kommen: just diese Minuten ... Ach! was hatten solche Berechnungen für Zweck? Am besten war nicht daran denken! Er wollte den Leuten helfen so viel er konnte; Retter konnte er keinem sein.

Oder doch? ... Den einen, der ihm eben mit Feuereifer aus dem Walde entgegenstürzte, hatte er vorläufig geborgen. Der blieb, mit sechs Mann, bei den Pferden und dem Train zurück. War es ein Anrecht, gerade diesen zu bestimmen? Alle anderen Unteroffiziere waren älter und verheiratet, der kleine, dicke, mit den O-Beinen hatte sogar sechs Kinder daheim. Konnte er es vor seinem Gewissen verantworten, diesen jungen, ledigen Burschen hier in Sicherheit ...

Mit einer wütenden Handbewegung unterbrach der Hauptmann seine Gedanken. Am liebsten hätte er sich mit der Faust an der Brust gepackt und tüchtig durchgebeutelt. Dass er das verdammte Grübeln und Abwägen noch immer nicht lassen konnte! Gab es hier noch eine Gerechtigkeit, im Machtbereiche der Granaten, die Taugenichtse verschonten und die Besten niederstreckten? Hatte er sich's nicht fest vorgenommen, sein Gewissen, seine Rührseligkeit, sein ewig waches Mitgefühl mit allen überflüssigen Gedanken daheim zu lassen, bei seiner eingekampferten Zivilkleidung, in der Friedenswohnung? Das alles gehörte zum Zivilingenieur Rudolf Marschner, der früher einmal Offizier gewesen und mit dreißig Jahren noch einmal zur Schulbank zurückgekehrt war, um das Kriegshandwerk, in das er sich als dummer Junge verirrt hatte, gegen einen Beruf zu vertauschen, der seiner weichen, nachdenklichen Natur besser entsprach. Dass ihn dieser Krieg jetzt, zwanzig Jahre später, noch einmal zum Soldaten gemacht hatte, war ein Unglück. Eine Katastrophe, die ihn – wie alle – unverdient traf, mit der er sich aber endlich abfinden musste. Und dazu gehörte, in erster Reihe, das Loskommen von allem Raisonieren! Wozu sich viel mit Fragen quälen? Einer musste doch im Walde zurückbleiben, zur Aufsicht. Der Kommandant hatte diesen jungen Zugführer bestimmt, also blieb dieser da. Und damit basta!

Peinlich war es nur, dass der Kerl so ein gerührtes Gesicht schnitt. Widerlich, einfach widerlich war die hündische Dankbarkeit, die ihm aus den feuchtschimmernden Augen strahlte! Wie kam der

Mensch dazu, etwas von seiner Mutter zu stammeln? Er wurde hier gelassen, weil der Dienst es erforderte; seine Mutter hatte dabei nichts zu tun. Die saß in Wien, – und hier war Krieg. Das musste er sich gesagt sein lassen: Sein Kommandant wollte nicht hoffen, dass er es als Glück oder gar besondere Gnade empfinde, nicht mit in den Kampf zu müssen!

Es wurde Hauptmann Marschner gleich leichter ums Herz, als er den zerknirschten Sünder so herunterkapitelt hatte. Sein Gewissen war jetzt ganz frei, als hätte er den Mann wirklich nur ganz zufällig auf diesen Posten beordert. Doch dauerte dieses Gefühl nicht lange, denn der alberne Kerl ließ es sich nicht nehmen, ihn, wie seinen Retter, anzuhimmeln. Und als er, in stramm militärischer Haltung, aber mit einer Stimme, die rau und zitternd klang von verschluckten Tränen »Wünsche gehorsamst viel Glück, Herr Hauptmann« stammelte, da strahlte aus diesem Wunsch eine solche Inbrunst, eine so glühende Anhänglichkeit, dass es dem Hauptmann auf einmal wieder leer wurde im Magen, und er mit einer plötzlichen Wendung auf und davon ging.

Nun wusste er ja Bescheid. Konnte sich's beiläufig ausrechnen, was der Weixler schon alles an ihm beobachtet, wie der sich schon insgeheim über seine Rührseligkeit mokiert haben musste, wenn ein einfacher Mensch, wie dieser Tischlergeselle, seine geheimsten Gedanken erriet! Er hatte ihm ja kein Wort gesagt, hatte ihn nur verstohlen beobachtet, vorgestern Abend, beim Einwaggonieren in Wien, wie er von seiner Mutter Abschied nahm. Woher ahnte der verdammte Kerl, dass die verwuzelte, eingeschrumpfte Knusperhexe, mit der Haut, die, wie ausgedörrt vom Leben, in tausend Falten, schlaff an den Backenknochen hing, solchen Eindruck auf seinen Hauptmann gemacht hatte? Er selbst wusste es ja sicher gar nicht, wie rührend es aussah, als das winzige Mütterchen, so von unten her zu ihm emporblickte, und weil es sein Gesicht nicht erreichen konnte, mit der zitternden Hand den breiten Brustkasten streichelte. Kein Mensch konnte es ihm verraten haben, dass sein Kompaniekommandant ihn seither nicht anschauen konnte, ohne auf der himmelblauen Bluse, wie hingemalt, die zitronengelbe, dichtgeäderte Hand, die knolligen, verkrümmten Finger zu sehen, die mit so unsagbar viel Liebe den rauen, haarigen Loden berührt hatten. Und doch war der Lump irgendwie dahinter gekommen, dass diese Hand schützend über ihm schwebte, für ihn gebeten und das Herz seines Führers erweicht hatte.

Wütend stampfte Marschner über die Wiese, beschämt, als hätte ihm jemand eine Larve vom Gesicht gerissen. So leicht war es also, ihn zu durchschauen; trotz der vielen Mühe, die er sich nahm? ... Er blieb stehen, um sich zu verschnaufen; hieb wieder auf das Gras ein und fluchte laut auf. Nun ja, er konnte sich eben nicht verstellen, konnte nicht plötzlich aus seiner Haut heraus, und wenn es tausendmal Weltkrieg gab. Er war gewöhnt, sich von Neffen und Nichten, gutmütig lachend, um die Finger wickeln zu lassen; war unfähig, von heut auf morgen, zum Eisenfresser zu werden, der vergnügt auf Menschenjagd geht! Was war das auch für ein wahnwitziger Gedanke, alle Menschen über einen Löffel barbieren zu wollen? Niemand dachte daran, aus Weixler einen weichherzigen Philanthropen zu machen; und er sollte, so mir nichts, dir nichts, auf Befehl, ein blutrünstiger Haudegen werden? ... Er war nun mal nicht mehr zwanzig Jahre alt wie der Weixler, und diese stillen, traurigen Männer, die man so grausam aus ihrem Erdreich gerissen hatte, waren ihm jeder mehr als nur ein Gewehr, das man in Reparatur schickt, wenn es beschädigt, gleichgültig liegen lässt, wenn es unbrauchbar geworden ist.

Wer das Leben schon von allen Seiten angesehen und überdacht hatte, konnte nicht so zum »Nur-Soldaten« werden, wie sein Leutnant, der noch gar nicht richtig Mensch geworden war, die Welt noch gar nicht anders gesehen hatte als vom Hofe der Kadettenschule und der Kaserne aus.

Ja, wenn es noch gewesen wäre wie am Anfang, als noch lauter junge, abenteuerlustige Burschen aus den Waggonfenstern johlten, die nichts daheim zurückließen als höchstens Eltern, denen sie nun endlich imponieren konnten! Damals hätte auch er seinen Mann gestellt, so gut wie irgendeiner; so gut oder besser als der stramme Leutnant Weixler. Damals marschierten die Leute zwei, drei Wochen lang, ehe sie auf den Feind stießen. Da löste man sich noch langsam vom Leben los, ging durch tausend Mühen und Entbehrungen; bis über Hunger, Durst und Müdigkeit allmählich alles vergessen war, was man weit – weit rückwärts zurückgelassen hatte. Da schwelte der Hass gegen den Feind, der einem all' die Not angetan hatte, von Tag zu Tag immer höher; und der Kampf war Erlösung nach der langen, passiven Leidenszeit.

Heute aber ging das alles auf eins-zwei. Vorgestern noch in Wien, – und jetzt, noch mit dem Abschiedskuss auf den Lippen, noch nicht ganz losgerissen, gleich hinein ins Feuer. Und nicht blindlings, nicht ahnungslos, wie die ersten! Für diese armen Teufel hatte der Krieg keine Geheimnisse mehr. Jeder hatte schon Tote in seiner Familie oder seiner Bekanntschaft; jeder hatte schon mit Verwundeten gesprochen, hatte verstümmelte, entstellte Invaliden gesehen und wusste mehr über Schrapnellwunden, Querschläger, Gasgranaten und Flammenwerfer, als, vor dem Kriege, Artilleriegeneräle und Stabsärzte gewusst.

Und just diese Sehenden, diese grausam Entwurzelten, musste er nun führen! Er, der ausrangierte Hauptmann Marschner, der Zivilist, der anfangs hatte zu Hause bleiben müssen, bei den Rekruten. Jetzt, da es tausendmal härter war, jetzt kam die Reihe an ihn, den Führer zu machen, und er durfte sich nicht wehren gegen die Aufgabe, der er nicht gewachsen war. Nein, er hatte sich noch vordrängen, hatte, – aus Anstand, – auf seinem Rechte bestehen müssen, damit nicht andere, die schon draußen ihr Blut vergossen hatten, noch einmal hinausgingen, für ihn! – – –

Eine dumpfe, ohnmächtige Wut kam über den Hauptmann, als er nun vor seine Soldaten hintrat, die in breiter Reihe aufgestellt, in atemloser Spannung auf seine Lippen starrten. Was sollte er ihnen sagen? ... Es widerstrebte ihm, die üblichen patriotischen Phrasen, die wie von außen her diktiert auf die Lippen gelangten, gefügig abzuleiern! Seit Monaten trug er den trotzigen Entschluss in sich herum, das vorgeschriebene »dulce est pro patria mori« nicht auszusprechen, koste es was es wolle. Nichts war ihm so zuwider, als dieses Klimpern mit dem Opfertod, dieser Marktschreierkniff: das Sterben auszurufen, während es drin in der Bude um's Morden ging.

Er biss die Zähne aufeinander und senkte scheu den Blick vor dieser Mauer aus bleichen Gesichtern. Die dumme, kindische Bitte: »Gib Acht auf uns!« blinzelte aufreizend aus allen Augen; brachte ihn zur Verzweiflung.

Am liebsten hätte er sie alle zurückgejagt zu den Ihren und wäre allein weiter! Mit einem Ruck warf er sich trotzig in die Brust, heftete den Blick starr auf eine Medaille, die ein Mann, in der Mitte der langen Reihe, auf der Brust trug, und rief:

– Kinder! Wir geh'n jetzt an den Feind. Ich rechne darauf, dass jeder von euch seine Pflicht tun wird, getreu seinem Fahneneid. Ich werde nichts von euch verlangen, was nicht im Interesse unseres Vaterlandes, in eurem eigenen Interesse also, für die

Sicherheit eurer Frauen und Kinder geschehen muss; darauf könnt ihr euch verlassen. Viel Glück! Und jetzt los! –

Er hatte, ohne es zu bemerken, die Stimme Weixlers, seinen überlauten, forciert-schneidigen Kommandoton nachgeahmt, um die Rührung zu überschreien, die ihm zitternd in der Kehle lauerte; und nach dem letzten Worte kehrte er sich blitzschnell ab. Nur über die Schulter hinweg, ohne sich noch einmal umzuschauen, gab er Befehl zum Ausschwärmen, ließ den Kopf auf die Brust fallen und begann mit großen Schritten den Aufstieg.

Hinter ihm knirschten die Stiefel, schlugen die Essschalen klappernd gegen irgendein Ausrüstungsstück. Bald setzte auch das Keuchen der schwerbepackten Mannschaft ein, und eine dicke, würgende Schweißwolke legte sich über die marschierende Kompanie.

Hauptmann Marschner schämte sich! Ein tiefer, körperlicher Ekel überkam ihn vor der Rolle, die er da gespielt hatte. Was blieb diesen einfachen Leuten, diesen Maurern, Monteuren und Landarbeitern, die ohne Fernblick, über ihren Werktag gebeugt, dahingelebt hatten, denn zu tun übrig, wenn die feinen Herrschaften, die studierten Leute, wenn der Herr Hauptmann, mit den drei goldenen Sternen auf dem Kragen, sie versicherte, es sei ihre Pflicht und höchst rühmenswert, italienische Maurer, Monteure und Landarbeiter über den Haufen zu schießen? Sie gingen; – keuchten hinter ihm her; und er – – er führte sie! Führte sie, gegen seinen

Glauben, aus erbärmlicher Feigheit, und forderte von ihnen Mut und Todesverachtung. Er hatte sie beschwatzt, hatte ihr Vertrauen missbraucht, ihre Liebe zu Frau und Kind ausgebeutet, weil er eben lieber, für eine Lüge, vielleicht am Leben blieb, vielleicht doch noch heil aus dem Kriege heimkam, als sich für die Wahrheit, an die er glaubte, sicher füsilieren zu lassen! Er setzte sein Leben, und das ihre, va banque auf falsche Karten, weil er zu feige war, dem sicheren Verlust allein ins Auge zu schauen! – – –

Die Sonne brannte mit mörderischer Glut auf den steilen, baumlosen Abhang. In das Platzen der Schrapnells, das Tacken der Maschinengewehre, das Aufbrüllen der eigenen Geschütze mischte sich, jetzt schon immer näher, immer heller, das Heulen der herankommenden Geschosse. Und immer noch war die Kammlinie nicht erreicht! ... Der Hauptmann fühlte seine Lunge versagen, blieb stehen und hob den Arm. Die Leute sollten sich einen Augenblick verschnaufen; waren seit vier Uhr morgens schon unterwegs; hatten Tüchtiges geleistet mit ihren vierzigjährigen Beinen. Er merkte es an sich selbst.

Mitleidig blickte er auf die blauroten, schweißüberströmten Gesichter, und fuhr zusammen, als er Leutnant Weixler mit großen Schritten auf sich zukommen sah. Warum konnte er dieses Gesicht nicht mehr sehen, ohne sich wie angefallen zu fühlen, wie an der Kehle gepackt von einem Hass, der sich kaum noch zügeln ließ? Er hätte eigentlich froh sein müssen, ihn hier draußen an seiner Seite zu haben. Ein Blick in diese lauernden Augen musste genügen, um jeder Rührung Herr zu werden.

– Bitt gehorsamst, Herr Hauptmann, – hörte er ihn schnarren – ich geh auf den linken Flügel hinüber. Da sind ein paar Kerle, die mir nit recht g'fallen. Besonders der Simmel, der rote Hund! Der zieht jetzt scho' den Kopf ein, wann drüben ein Schrapnell platzt. –

Marschner schwieg. »Der rote Hund?« – – »Der Simmel?« – Das war doch der rothaarige Flügelmann im zweiten Zug; der Tapezierer, der das entzückende, kleine Mäderl auf dem Arm getragen hatte, bis zum letzten Augenblick.

Bis der Weixler ihn brutal in den Wagen gejagt ... Dem Hauptmann war's, als sähe er noch den erstaunten Aufblick der Kinder zu dem mächtigen Mann, der ihren Vater anzuschnauzen wagte.

– Lass ihn nur, er wird sich schon dran gewöhnen, – sagte er mild. – Er hat halt noch seine Kinder im Kopf und hat's net eilig, sie zu Waisen zu machen. Die Leut können ja net alle Helden sein! Wann's nur ihre Pflicht tun. –

Das Antlitz Weixlers wurde starr. Um die schmalen Lippen erschien wieder jener harte, verächtliche Zug, der den Hauptmann jedes Mal wie ein Peitschenhieb traf.

– Er soll jetzt eben nicht mehr an seine Fratz'n denken, sondern an den Fahneneid, den er seinem allerhöchsten Kriegsherrn g'schworn hat! Hast es Ihnen ja eben erst g'sagt, Herr Hauptmann. –

– Ja, ja. Ich hab's ihnen gesagt! – nickte Hauptmann Marschner geistesabwesend, und ließ sich langsam ins Gras nieder. Nicht dass dieser so sprach, wunderte ihn. Aber dass auch ihm einmal, vor fünfundzwanzig Jahren, als er, durch und durch mit Begeisterung wattiert, aus der Kadettenschule kam, »Fahneneid« und »allerhöchster Kriegsherr« genau so erschöpfend geklungen hatten! Wie dieser, wäre damals auch er voll freudiger Begeisterung in einen Krieg gezogen. Wie aber sollte er heute, taub geworden für den Fanfarenklang solcher Worte, und hellsehend für das Gebälk, das sie trug, Schritt halten mit der Jugend, die für alles, was stehend und mit erhobener Stimme verkündet wurde, ein gläubiges Echo war? Wie sollte er von seinen braven, behäbigen Spießern, die das Leben schon so gründlich gebändigt hatte, dass sie daheim hungernd an Reichtümern vorbeigingen, die nur eine dünne Glaswand von ihnen schied, hier plötzlich ein wildes Draufgehen verlangen? Wie an den Tapezierermeister Simmel die gleichen Anforderungen stellen als an den jungen Leutnant, der noch nie anderes erstrebt hatte, als im Fechten, Ringen und Mut zeigen unter den ersten genannt zu werden? Waren je Söldner für ihre Sitten, biedere Bürgersleute für ihre Unerschrockenheit berühmt, je ein und dieselben Menschen zwanzig und fünfundvierzig Jahre alt zugleich gewesen? – – –

Zusammengekauert, den Kopf zwischen den Fäusten, war der Hauptmann so tief in seine Gedanken versunken, dass er Zeit und Ort vergaß, und alle Versuche Leutnant Weixlers, ihn durch wiederholtes Vorbeischleichen, lautes Umherhetzen der Mannschaft aufzuscheuchen, blieben erfolglos. Endlich brachte ihn nahes Pferdegetrappel wieder zu Bewusstsein. Auf dem Feldweg, der in halber Höhe um den Hügel lief, galoppierte ein Offizier, die hohe Generalstäblermütze auf dem Kopf. Er parierte sein Pferd, erkundigte sich verbindlich nach dem Marschziele der Kompanie und rümpfte die Nase, als Hauptmann Marschner die Nummer der Quote nannte.

– Dorthin geht's Ihr! – rief er aus, und die Grimasse ging langsam in ein respektvolles Lächeln über. – Na, da gratulier' ich! Da kommt's ja grad in die dickste Schweinerei hinein. Dort wollen die Herren Katzelmacher seit drei Tagen scho durch. Da will ich Euch net aufhalten! Die armen Teufln, die dort liegen, wern die Ablösung gut brauch'n können. Servus. Und viel Glück!

Mit Grazie berührten seine Finger die Kappe; das Pferd schrie auf unter dem Druck der Sporen; – und fort war er.

Der Hauptmann starrte ihm wie betäubt nach. »Na, da gratulier' ich!« klang es ihm in den Ohren. Ein Mensch, hoch zu Ross, gut ausgeruht, rosig, sauber, wie aus dem Schachterl, trifft zweihundert todgeweihte Opfer: verschwitzt, atemlos, am Rande der Gefahr; weiß, dass in einer Stunde so manches Gesicht, das sich jetzt noch neugierig ihm zuwendet, schon leidverzerrt oder totenstarr im Grase liegen wird; – und sagt lächelnd: »Na, da gratulier' ich!« Reitet weiter, ohne dass ihm ein andächtiger Schauer über den Rücken liefe, ohne dass ein Schatten seine Stirne streifte!

Spurlos wird die Begegnung aus seinem Gedächtnis verschwinden; ... nichts heute Abend, beim Tafeln, ihn an den Kameraden erinnern, dem er am Morgen, als Letzter vielleicht, die Hand gereicht! ... Was bedeutete diesen Auserwählten, die, aus sicherem Hinterhalt die Kolonnen ins Feuer schoben, der Todesmarsch einer Kompanie? Und der unglückselige rothaarige Tapezierer, da nebenan, zitterte, zog den Kopf ein, riss großmächtig die Augen auf, als hinge das Schicksal der Welt daran, ob er sein rotgelocktes Mäderl noch einmal wird auf dem Arm tragen. Wahrlich, wenn man die Sache so aus der richtigen Perspektive sich ansah, – als vorbeigaloppierender Generalstäbler, der das Ziel, den Sieg, den man früher oder später, bei Gläserklirren bejubeln wird, im Auge hat, – dann hatte der Weixler eigentlich recht! Es musste ihn empören, ein so großzügiges Heldengedicht von einem einzelnen Hasenfuß derart ins Lächerliche gezogen, zu einer weinerlichen Familienangelegenheit degradiert zu sehen.

– Die armen Teufel, die dort liegen! ... Marschner überlief es kalt, als ihm, über die Worte des Generalstäblers, jäh die Vision des zerschossenen, blutgetränkten Grabens aufstieg, mit der zu Tode erschöpften Besatzung, die ihn, wie den Erlöser, herbeisehnte. Er erhob sich stöhnend, übermannt von einem grimmigen, erbitterten Hass gegen diese

Zeit. Keine Masche blieb da offen! Jede Minute, die er seinen Leuten noch schenkte, war Diebstahl oder gar Totschlag, begangen an jenen dort vorne. Wild warf er den Arm in die Höhe und schritt aus, fest entschlossen, nicht mehr stehen zu bleiben, ehe der Graben erreicht war, den er zu beziehen hatte. Sein Gesicht war bleich, vergrämt; verzerrte sich zu einem gequälten Lächeln, so oft vom anderen Flügel das aufreizend schnarrende: »Vorwärts, vorwärts!« seines Leutnants zu ihm herüberklang. Auf einmal blieb er stehen. In das Knattern, Pochen, Knallen sprang plötzlich ein neuer Ton hinein; hob sich hell aus dem ganzen, kaum noch ins Bewusstsein dringenden Spektakel. Er kam so gellend, so scharf drohend und blitzschnell heran, dass der Ton gleichsam sichtbar wurde, ein heulender Bogen in der Luft entstand, sich nahe an die Stirne heranbiss und dort mit einem kurzen, harten Peitschenschlag abriss, während wenige Schritte weiter vorne ein kleiner Staubwirbel aufstieg, und unsichtbare Hagelkörner klatschend ins Gras prasselten.

– Ein Schrapnell! ...

Verdutzt blickte Hauptmann Marschner sich um und sah zu seinem Schrecken alle Blicke auf sich gerichtet. Wie um Rat fragend starrten alle Augen ihn an; um die Lippen aller spielte ein sonderbares, verlegen-verschämtes Lächeln.

Nun hieß es mit gutem Beispiel vorangehen! Unbekümmert weiter marschieren ohne stehen zu bleiben oder aufzublicken! Es war ja im Grunde ganz alles eins was man tat. Ein Davonlaufen oder

Verstecken gab's da nicht. Da hieß es Glück haben; – sonst gab es keinen Schutz. Also vorwärts, als wüsste man von nichts! War nur einer da, der sich nichts aus der Sache zu machen schien, dann bekamen's die anderen mit der Scham, kontrollierten sich gegenseitig, und dann war alles gewonnen. Er merkte es ja an sich selbst, wie ihm das Gefühl, von allen Seiten beobachtet zu werden, Haltung gab. Wäre er ganz allein gewesen, er hätte sich vielleicht hingeworfen; hätte hinter einem Stein Deckung gesucht, und wenn er noch so klein gewesen wäre.

– War nur ein Weitschuss! Vorwärts Kinder! – rief er laut, fast fröhlich gemacht von dem Gefühl: seinen Leuten eine Stütze zu sein. Da schwirrten, – ehe er noch fertig gesprochen hatte, schon die nächsten heran. Er versteifte alle Muskeln und knirschte vor Wut, als sein Oberkörper dennoch zurückfuhr und der Kopf für einen Augenblick zwischen den Schultern versank. Nicht die Wucht, mit der das Heulen heranflog, ließ ihn zusammenzucken! Die sonderbare Deutlichkeit, mit der die Flugbahn, genau wie auf der Abbildung im Artillerieunterricht, sich vor ihm wölbte; dieses widernatürliche Gefühl, einen Ton mehr mit den Augen, als mit dem Ohr erfassen zu müssen, das war's, wogegen kein Wille aufkam.

Man musste was tun, sich irgendwie die Illusion verschaffen, nicht ganz wehrlos zu sein! – Kompanie Laufschritt! – – schrie er, so laut er nur konnte, beide Hände als Sprachrohr vor dem Mund.

Wie erlöst stürmten die Leute los. Die Spannung

schwand von ihren Gesichtern; jeder einzelne war irgendwie mit sich beschäftigt, stolperte, raffte sich auf, haschte nach locker gewordenen Ausrüstungsstücken; und in dem allgemeinen Keuchen und Pusten ging der drohende Pfiff der ankommenden Geschosse fast unbemerkt unter.

Nach einer Weile war es Hauptmann Marschner, als fauchte ihm jemand ins linke Ohr hinein. Er wandte den Kopf und sah Weixler, dunkelrot im Gesicht, neben sich herlaufen. – Was gibt's? – frug er, unwillkürlich in Schritt fallend.

– Herr Hauptmann, ich meld' gehorsamst, man sollt' ein Exempel statuieren! Der Simmel, der Feigling, demoralisiert die ganze Kompanie. Bei jedem Schrapnell schreit er »Jesus-Maria«, schmeißt sich hin und macht den andern Angst. Man sollt' den Kerl als abschreckendes Beispiel ...

Mitten in den Satz sauste eine Lage von vier Schrapnells hinein. Das Heulen schien noch lauter, noch schärfer geworden zu sein; dem Hauptmann war's, als flitzte, blendend hell, eine ungeheure Sense in steilem Bogen direkt auf seinen Schädel zu. Diesmal aber durfte er mit keiner Wimper zucken! Wie beim Zahnarzt, wenn die Zange ansetzt, krampften sich seine Glieder; zugleich starrte er seinem Leutnant forschend ins Gesicht, neugierig, wie er sich im ersehnten Feuer nun benahm. Allein der schien von den Schrapnells gar nicht Notiz zu nehmen. Er reckte sich, sah mit gespannter Aufmerksamkeit zum linken Flügel hinüber und rief empört:

– Da! Siehst, Herr Hauptmann! Da liegt der verdammte Kerl schon wieder! Ich will ihm doch ...

Ehe ihn Marschner erhaschen konnte, war er schon losgesprungen, blieb aber auf dem halben Wege stehen, machte kehrt und kam missmutig zurück.

– Der Kerl ist getroffen, – meldete er mürrisch, mit einem verärgerten Achselzucken.

– Getroffen? – entfuhr es dem Hauptmann, und ein hässlicher, bitterer Geschmack klebte ihm plötzlich die Zunge an den Gaumen. Er sah die frostige Ruhe in Weixlers Zügen, den teilnahmslosen, gleichgültigen Blick, und seine Hand zuckte in die Höhe. Schlagen hätte er ihn mögen, so aufreizend wirkte diese Unberührtheit, so weh tat ihm dieses hingeworfene »der Kerl ist getroffen«. Das Bild des netten Mäderls, mit der hellen Schleife in den roten Locken, blitzte vorbei, und die Vision einer verkrümmten Leiche, die ein Kind in den Armen hielt. Wie durch einen Schleier hindurch sah er Weixler, an sich vorbei, der Kompanie nacheilen und lief hinüber, wo neben etwas Unsichtbarem zwei Sanitätssoldaten knieten.

Der Verwundete lag am Rücken; seine flammend roten Haare umrahmten ein grün-graues, gespenstisch-regungsloses Gesicht. Vor wenigen Minuten hatte Hauptmann Marschner den Mann noch laufen, – – dasselbe Antlitz noch erhitzt, in erregter Lebendigkeit gesehen. Seine Knie gaben nach; – wie eine kalte Hand wühlte der Anblick dieses unfassbar jähen Wechsels in seinem Innern.

War das möglich? ... Konnte so alles Blut in einer Sekunde entweichen; ein gesunder, kräftiger Mensch in wenigen Augenblicken zur Ruine zerfallen? Welche Höllenkraft lauerte in so einem Stück Eisen, dass es die Arbeit monatelangen Siechtums zwischen zwei Atemzügen verrichten konnte.

– Keine Angst, Simmel, – stammelte der Hauptmann, auf die Schulter eines Sanitätssoldaten gestützt, – – man wird Sie runtertragen zum Train! – und tief atemholend, rang er sich mühsam die Lüge ab: – – Jetzt kommen's gar als Erster nach Wien zurück! – Er wollte auch noch etwas von der Familie, von dem rotlockigen Mäderl hinzufügen, brachte es aber nicht über die Lippen. Es war ihm bange vor einem Aufschrei des Sterbenden nach den Seinen, und ein inneres Zittern durchlief ihn, als der qualvoll verzerrte Mund sich langsam auftat. Er sah die Augen sich öffnen; erschauerte vor dem gläsernen Blick, der an nichts Körperlichem mehr einen Halt zu finden, durch alle Anwesenden hindurch in weiter Ferne was zu suchen schien. Der Körper krümmte sich unter den wühlenden Händen des Sanitäters; aus der aufgerissenen, blutüberströmten Brust stiegen gurgelnd unverständliche Laute, bliesen den roten Schaum vor dem Mund zu platzenden Luftblasen auf.

– Simmel! Was wollen Sie Simmel? – bat Marschner, tief über den Verwundeten gebeugt. Mit gespannter Aufmerksamkeit lauschte er dem Lallen, überzeugt, dass es eine letzte Botschaft zu erhaschen galt! Er atmete auf, als die verirrten Augen endlich zurückfanden, und ängstlich forschend haften blieben auf seinem Gesicht. – – Simmel – rief er wieder und haschte nach der Hand, die zitternd die Wunde suchte. – Simmel! Kennen's mich denn nicht?

Simmel nickte. Er riss die Augen auf, seine Mundwinkel sanken herab, und weinerlich, vorwurfsvoll, – wie es dem Hauptmann schien, – kam aus der zersetzten Brust die Klage: – – Weh – Herr Hauptmann – – so weh! – und nach einem kurzen, röchelnden Schmerzenslaut wiederholte er schäumend, mit einem gellenden Wutschrei:

– Weh! – – Weh! – – und schlug um sich, mit Händen und Füßen.

Hauptmann Marschner sprang auf. – – Tragt's ihn hinunter! – befahl er, hielt sich, ohne zu wissen was er tat, die Ohren zu und lief davon, der Kompanie nach, die schon oben auf der Kammlinie stand. Er lief, den Kopf, wie in einen Schraubstock, zwischen die Hände gepresst, torkelnd, atemlos; von einer Angst getrieben, als stürmte das Wehklagen des Verwundeten mit erhobener Axt hinter ihm her. Er sah den eingeschrumpften Leib sich winden, sah das blitzschnell verwelkte Gesicht, das vergilbte Weiß der Augen und das »So weh, Herr Hauptmann« klang in ihm fort, krallte sich ihm in die Brust, dass er, oben angelangt, halb erstickt niederfiel, als hätte man ihm den Boden unter den Füßen weggezogen.

Nein, er konnte das nicht! Er wollte nicht mehr! ... Er war kein Henker; war nicht fähig, Menschen in den Tod zu peitschen; konnte nicht taub sein für ihren Jammer, für dieses Kinderwimmern, das wie bitterer Vorwurf sein Gewissen traf! Seine Füße stampften trotzig den Boden; alles in ihm bäumte sich gegen die Aufgabe, die ihn rief.

Unten dehnte sich das Schlachtfeld; trostlos grau. Kein Baum, kein Fleckchen Grün. Eine steinerne Wüste; zerhackt, zermürbt, aufgewühlt, ohne ein einziges Lebenszeichen. Die Laufgräben, die, in der Talsohle beginnend, hinaufführten zum Hügelrand, aus dem die Drahtzäune starrten, sahen wie zum Griff gespannte Finger aus; krallten sich tief in den erwürgten Boden ein. Marschner blickte sich unwillkürlich noch einmal um. Hinter ihm senkte sich die grüne Böschung steil zu dem Wäldchen, in dessen Schutz er seinen Train zurückgelassen hatte. Weiter rückwärts glänzte weiß die Landstraße, wie ein Fluss, von bunten Wiesen umrahmt. Eine kurze Wendung – und das Grün verschwand! Alles Leben ging unter, wie niedergebrüllt von den Geschützen, von dem Heulen und Knallen, das, gleich dem Pulsschlag eines ungeheuren Fiebers, in das jenseitige Tal hineinhämmerte. Granattrichter neben Granattrichter gähnte dort unten; dicke, schwarze Erdsäulen sprangen zuweilen auf, verdeckten für Augenblicke ein Teilchen dieser zu Asche gebrannten Öde, aus der die geborstenen, wie mit dem Federmesser zerschnitzelten Baumstümpfe höhnend emporragten, eine Herausforderung an die ohnmächtige Phantasie: in diesem Totenfeld aus Schutt die Landschaft wiederzuerkennen, die es ge-

wesen, ehe der Wahnsinn darüber hinweggefegt
und es mit Trümmern besät zurückgelassen hatte,
wie einen Tanzboden, auf dem zwei gelten um eine
Dirn gerauft.

Und in dieses Höllental sollte er nun hinunter-
steigen! Dort unten leben, fünf Tage und fünf
Nächte lang, mit einem Häufchen Verdammter da
hinausgespien, bei lebendigem Leibe auf den An-
gelhaken gespießt, als Köder für den Feind! ...

Ganz allein, von niemandem belauscht, umtobt
von dem Platzen der Geschosse, die da oben dicht,
wie Gewitterregen fielen, – gab Hauptmann Marschner sich ganz seiner Wut hin, der ohnmächtigen
Wut gegen eine Welt, die ihm solches angetan! Er
fluchte, schrie seinen Hass aus voller Kehle in den
tauben Lärm hinein und sprang auf, als weit unten,
fast im Tal schon, seine Leute auftauchten, gefolgt
von Leutnant Weixler, der hinter ihnen herlief, wie
ein Metzgergesell, der seine Ochsen zur Schlacht-
bank treibt. Der Hauptmann sah sie eilen, sah die
Sprengwolken sich mehren über ihren Köpfen, sah,
zwischen sich und ihnen, da und dort auf dem Abhang, wie liegengebliebene Rucksäcke, blau-graue
Häufchen zerstreut, regungslos die einen, wie große
Spinnen zappelnd die anderen; – und stürmte los.

Wie toll raste er über die steile Böschung, fühlte
kaum die Erde unter den Füßen, hörte das Prasseln
der Sprengstücke nicht, flog mehr, als er lief, stolperte über verkohlte Wurzeln, fiel hin, raffte sich
auf und sprang weiter, ohne nach rechts oder links
zu schauen, mit geschlossenen Augen fast. Ab und

zu sah er – wie aus dem Eisenbahnfenster – ein blasses, verstörtes Gesicht vorbeihuschen; einmal war's ihm, als wimmerte jemand um Wasser; aber er wollte nichts sehen, wollte nichts hören, lief weiter, blind und taub, unaufhaltsam, gejagt von der Angst vor jenem bösen, vorwurfsvollen »So weh! ...«

Nur einmal blieb er stehen, fest gewurzelt, als wäre er in eine Falle getreten, die sich eisern an seine Beine klammerte. Eine Hand hielt ihn auf, eine graue, verkrampfte Hand, die mit gekrümmten Fingern, wie aus Stein gehauen, starr vor ihm aufragte. Ein Gesicht sah er nicht; hatte keine Ahnung, wer ihm drohend die tote Faust entgegenhielt. Nur, dass diese selbe Hand vor zwei Stunden noch gelebt, drüben im Wäldchen gemächlich Schwarzbrot in Scheiben geschnitten oder eine letzte Feldpostkarte geschrieben hatte, wusste er. Und ein Grauen sprang ihn an vor diesen Fingern, gab seinen Beinen neue Kraft, dass er, wie ein Knabe, in großen Sätzen weiter stürmte, bis er mit fliegenden Flanken, eine rote Wolke vor den Augen, endlich bei der Kompanie ankam, ganz unten im Tal schon, am Eingang der Laufgräben.

Leutnant Weixler trat stramm vor ihn hin und meldete den Verlust von vierzehn Mann. Marschner hörte den Stolz, der in seiner Stimme klang, wie Triumph über das Geleistete, wie das Jubilieren eines unreifen Jungen, der mit den ersten Härchen auf der Oberlippe prahlt, mit Würde seinen jungen Bass forciert. Was waren diesem Burschen die Verwundeten, die oben, auf dem Abhang, sich kugelten? Der rothaarige Feigling mit seinem Gewimmer, – die Kinder, die ihrer Ernährer beraubt einem Bettlerdasein, dem Sumpf, vielleicht dem Gefängnis entgegenreiften – – alles Statisten, Hintergrund, dessen Dunkel leuchtend den Heldenmut des Leutnant Weixler hob. Vierzehn blutige Leiber säumten den Weg, den er furchtlos gegangen. Mussten seine Augen nicht Hochmut sprühen? ... Der Hauptmann eilte weiter, an Weixler vorbei. Nur nicht ihn anschauen – sagte er sich, – nur nicht diesem zufrieden leuchtenden Blick begegnen; sonst könnte der Zorn Herr werden über alle Vernunft, die Zunge sich lösen, die geballte Rechte den Weg des eigenen Willens gehen! Hier aber musste er diesen Menschen schonen, hier war der Leutnant Weixler in seinem Recht, wuchs von Minute zu Minute, überragte alle, schwamm obenauf, während die anderen, mit der Last ihrer gereiften Menschlichkeit behängt, klotzig versanken. Hier galten andere Gesetze! Der finstere Schacht, in dem man nun mit zitternden Knien vorwärts wankte, führte zu einer Insel, die nur der Tod umspülte. Wer da strandete, durfte nichts mithaben, was er in einer anderen Welt gebraucht. Nur wer nichts herübergerettet hatte als Faust und Axt, war hier der Meister; war der Reiche, an dessen Überfluss die anderen sich klammerten. Immer klarer wurde es Hauptmann Marschner, während er sich durch den glitschigen Graben betäubt weiter tastete, dass er seinen verhassten Leutnant jetzt wie einen Schatz hüten müsse, dass er verloren wäre, ohne ihn! Er sah die

Spur geronnener Blutlachen vor seinen Füßen, trat auf zerfetzte, blutdurchtränkte Uniformstücke, auf abgeschossene Hülsen, klirrende Konservenbüchsen, Geschosstrümmer; gähnende Granattrichter öffneten sich plötzlich, mit angebrannten Brettern halsbrecherisch überbrückt; überall grinsten die Spuren tobsüchtiger Verwüstung, verkohlte Reste, ein Wust von Drähten, Pfosten, Säcken, zerbrochenen Werkzeugen, eine atemraubende, schwindelerregende Anordnung, eingehüllt in stickigen Brandgeruch, Pulverdampf und den scharfen, stechenden Atem der Ekrasitgranaten; die Erde auf Schritt und Tritt von riesenhaften Explosionen zerfleischt, mühsam zusammengeflickt, wieder aufgerissen, noch einmal eingeebnet, – dass man, wie durch einen Orkan, wie von einem Wirbel erfasst, bewusstlos dahintorkelte.

Zermalmt von der Wucht seiner Eindrücke, kroch Hauptmann Marschner wie ein Wurm durch den Graben und seine Gedanken kehrten immer leidenschaftlicher, immer verzweifelter zu Leutnant Weixler zurück. Nur Weixler konnte ihm helfen, konnte ihn ersetzen, mit seiner frostigen, grimmigen Energie, mit seiner Blindheit für alles, was nicht an seinem eigenen Leben riss, was überstrahlt wurde von der glanzvollen Vorstellung eines mit Dekorationen übersäten, außertourlich beförderten Erich Weixler! – Ängstlich sah er sich immer wieder nach seinem Leutnant um; atmete auf, so oft von rückwärts die schnarrende, treibende Stimme an sein Ohr schlug.

Noch immer wollte der Graben kein Ende nehmen! Marschner fühlte seine Kräfte erlahmen, stolperte immer häufiger und schloss doch erschauernd die Augen vor den sich kreuzenden Blutspuren, die genau den Weg der Verwundeten zeigten. Auf einmal riss er den Kopf hoch. Ein neuer Geruch drang auf ihn ein, ein süßlicher Gestank, der immer stärker wurde, bis er, bei einer Einbuchtung der Grabenwand, die hier, nach links einschwenkend, halbkreisförmig zurücktrat, wie eine dichte Wolke vorbrach. Von Ekel geschüttelt, den Magen in der Kehle sah er sich um, erblickte in der Vertiefung einen Hügel von schmutzigen, zerfetzten Uniformen, übereinander geschichtet, mit merkwürdig starren Konturen. Nur allmählich erfasste sein Blick das Grauen, das sich vor ihm türmte. Gefallene Soldaten lagen da, wie zusammengetragene Bretter und Traversen auf einem Bauplatz; verkrümmt, wie der Todeskampf sie gelassen. Zeltbahnen waren über sie gebreitet, waren beiseite geglitten, enthüllten steingraue, grimmige Fratzen, herabgefallene Kinnladen, glotzende Augen. Die Arme der Obenaufliegenden hingen wie ein Spalier bis zur Erde hinab, griffen den Unteren ins Gesicht, waren schon übersät mit den bunten Flecken der Verwesung.

Hauptmann Marschner stieß einen kurzen, rülpsenden Schrei aus und torkelte vornüber. Sein Kopf erzitterte im Genick, wie haltlos geworden; seine Knie knickten ein, dass er den Boden schon auf sich zukommen sah, als plötzlich ein unbekanntes Gesicht vor ihm auftauchte, seinen Blick auf sich zog, ihm jäh wieder Haltung gab. Ein fremder Feldwebel stand vor ihm, starrte ihn sprachlos an, mit großen, fiebrig glänzenden Augen in dem totenbleichen Gesicht. Eine Sekunde lang blieb er wie gelähmt, dann riss er den Mund auf, klatschte in die Hände, sprang in die Luft, wie ein Tänzer, und lief, ohne an eine Ehrenbezeugung zu denken, in riesigen Sprüngen davon.

– Ablösung! – schrie er im Laufen, blieb stehen vor einem schwarzen Loch, das wie der Eingang zu einer Höhle in der Grabenwand gähnte, und rief mit unbeschreiblichem Jubel in der Stimme, mit einem Jauchzer, der wie durch Tränen klang, gebückt, in die finstere Öffnung hinein: – Ablösung! ... Herr Oberleutnant! Ablösung is' da! ...

Der Hauptmann folgte ihm mit den Blicken, hörte den Ruf, und seine Augen wurden feucht, so rührend war dieser kindliche Freudenschrei, dieses Schmettern aus breiter Brust. Langsam ging er dem Feldwebel nach, sah, – als hätte der Schrei die Toten geweckt, – aus allen Ecken blasse Gesichter hervorlugen, Verwundete mit blutigen Verbänden, schlotternde Gestalten mit dem Gewehr in der Hand. Von allen Seiten strömten Leute herbei, starrten ihn an, formten mit den Lippen lautlos das Wort »Ablösung« nach, bis endlich einer losbrüllte, ein gellendes Hurra ausbrachte, das wie Feuer weiterlief, ein Echo fand in unsichtbaren Kehlen, die es begeistert wiederholten. Erschüttert beugte Marschner den Kopf; – fuhr sich schnell mit der Hand über die

Augen, als ihm der Kommandant aus der Höhle entgegenstürzte.

Nichts war mehr lebendig an diesem Menschen: Sein Gesicht war aschgrau, seine Augen erloschen, glanzlos, von fingerbreiten Rändern umzogen; die Lider glühend rot vom Wachen. Haare, Bart, Kleidung waren überzogen mit einer dicken Kruste aus Lehm und Schmutz, dass er aussah, als wäre er eben aus dem Grab gestiegen. Die Hand, die, nach kurzer, militärischer Meldung, mit überschwenglicher Freude die Rechte des Hauptmanns umklammerte, war leichenkalt und klebte von Schweiß und Erde. Unheimlich war der Gegensatz zwischen diesem, mit Kleidern behängten Knochengerippe, zwischen dieser starren Totenmaske und der zappligen, überreizten Lebendigkeit, mit welcher der Oberleutnant über seine Befreier herfiel.

Die Worte strömten wie ein Wasserfall von seinen zersprungenen Lippen. Er zog Marschner in die Höhle hinein, drückte den Strauchelnden, der wie geblendet um sich griff, auf eine unsichtbare Sitzgelegenheit nieder und begann zu erzählen. Nicht einen Augenblick konnte er ruhig stehen. Er hüpfte, schlug sich an die Schenkel, lachte überlaut, lief tänzelnd auf und ab, warf sich auf das Lager in der Ecke, verlangte zwischendurch immer wieder eine Zigarette, schleuderte sie, – ohne es zu merken, – nach zwei Zügen schon weg und bat gleich um eine neue.

– Also drei Stunden später, – krähte er selig, mit einer formierten Heiterkeit, – Drei ... nein! In einer

Stund schon wär's zu spät g'wesen. Weißt', wie viel Patronen ich noch hab? Elfhundert im ganzen! Maschinengewehr: ausgeleiert; Telefon: kaputt, seit gestern Nacht schon! Patrouille zum Reparieren, – unmöglich, weil ich jeden Mann im Graben brauch. Hundertvierundsechzig san mit eingezogen, – jetzt hab' ich noch einunddreißig, und elf Verwundete, die kein G'wehr mehr halten können. Einunddreißig Manderln, und damit soll ich den Grab'n halten. Heit Nacht war'n wir noch fünfundvierzig, wie's kommen sind; haben's auch zum Teufl g'jagt; aber vierzehn san wieder draufgangen! Die habn mir noch gar nicht begraben können. Hast sie nit liegen g'sehn, vor dem Mannschaftsunterstand? –

Der Hauptmann ließ ihn reden; hatte die Ellenbogen auf den primitiven Tisch aufgestützt, hielt den Kopf zwischen den Händen und schwieg. Seine Augen irrten durch den finsteren, muffigen Raum, den ein blakendes Petroleumlämpchen mit seinem Gestank erfüllte. Er sah das verschimmelte Stroh in der Ecke, den verwaisten Fernsprecher neben dem Eingang, eine leere Konservenkiste, auf der eine verknüllte Landkarte ausgebreitet lag; sah einen Berg von Gewehren, Bündel von Uniformen, mit Zetteln besteckt; und fühlte, wie langsam ein stummes, eisiges Grauen in ihm hochstieg, ihm den Atem verschnürte, als läge die Erde, die da oben von geborstenen Brettern gehalten, jeden Augenblick niederzustürzen drohte, mit Zentnerlast auf seiner Brust. Wie ein böser Traum wirkte dieses tänzelnde Gespenst, mit dem kichernden Totenkopf, der vor acht Tagen vielleicht noch jung gewesen; und der Gedanke, dass jetzt an ihn die Reihe kam, in diesem Grabgewölbe fünf, sechs, acht Tage lang auszuharren, die gleichen Greuel zu erleben, die der andere lachend erzählte, steigerte seine Mutlosigkeit zu einer heißen, hämmernden Empörung, die er kaum noch meistern konnte. Er hätte brüllen mögen; aufspringen, hinauslaufen und aus tiefster Seele heraus die Menschheit anbrüllen, warum sie ihn dahergeworfen, warum er da liegen bleiben sollte, bis er zu Aas oder zum Narren geworden. Er konnte es nicht begreifen, wie er sich hatte hier hinaus treiben lassen; sah keinen Sinn, kein Ziel, nur dieses Erdloch, die verwesenden Leichen draußen und – – gleich daneben –, einen Schritt weit nur von dieser Tobsucht, sein Wien, wie er es vor zwei Tagen erst verlassen hatte, – mit Trambahnen, Schaufenstern, grüßenden Menschen und Theatersälen. Was war das für ein Wahnsinn, hier zu kauern, in blöder Geduld auf den Tod zu warten, – in Schmutz und Blut, wie ein Tier, auf nackter Erde zu verrecken, während andere froh, sauber, geschmückt, in hellen Sälen saßen, sich was vormusizieren ließen, in ihr weiches Bett krochen, ohne Angst, ohne Gefahr; gehütet von einer Welt, die entrüstet über jeden herfiele, der ihnen auch nur ein Härchen krümmen wollte! ... War er schon irr oder waren's die anderen?

Seine Pulse tobten, als müsste die Brust ihm platzen, wenn er sich diese Not nicht von der Seele schreien durfte. Und in diesem Augenblick kam

Leutnant Weixler in geschäftiger Eile, wie ein Ball-
arrangeur, in den Unterstand, stellte sich stramm
vor ihn hin und meldete, dass oben alles in Ord-
nung sei, dass er die Posten schon bestimmt, die
Wachen abgeteilt, die Maschinengewehre schon
platziert habe. Der Hauptmann sah ihn an und
musste die Augen niederschlagen, wie geohrfeigt
von dieser Gelassenheit, die seine Wut jäh zu einer
tiefen, brennenden Scham welken ließ. Warum blieb
dieser unberührt von der großen Todesangst, die
hier die Luft schwängerte? Warum konnte dieser da
ordnen, befehlen, mit der Umsicht eines reifen
Mannes walten, während er wie ein verschüchtertes
Kind sich verkroch, mit dem sinnlosen Trotz der be-
drängten Kreatur sich gegen das Schicksal bäumte,
statt es zu meistern, wie es seinem Alter geziemte?
... War er denn feig? ... War er wirklich von niedri-
ger, kläglicher Angst beherrscht, – von jener er-
bärmlichen Blindheit oder Seele, die über das
eigene Ich nicht emporblicken, für keine Idee sich
selbst übersehen kann? War er so, ohne Sinn für Ge-
meinschaft, wirklich ganz von kurzsichtiger Selbst-
sucht beherrscht; um sein nacktes, elendes Dasein
nur besorgt? ...

Nein, so war er nicht! Hing nicht mehr an
seinem Leben als irgendein anderer; könnte es begeistert hingeben ohne Fahnen, ohne Rausch, ohne
Applaus! Wenn der feindliche Graben da drüben
mit Menschen, wie der Weixler gefüllt wäre, wenn
der Kampf gegen diese verbohrte Härte ginge,
gegen diese mit Menschenfleisch aufgemästeten

Schlagworte, gegen diese ganze, raffiniert aufgebaute Gewaltmaschine, die ihre Schützlinge als Schutzwall vor sich hertrieb, – – – er würde sich mit den bloßen Fäusten hineinstürzen, ohne das Platzen der Geschosse, das Wimmern der Verwundeten zu hören! ... Nein, er war nicht feig. Nicht so, wie diese beiden dachten! Er sah sie spöttisch blinzeln, sich heimlich lustig machen über den unglücklichen Landsturmonkel, der wie ein Häufchen Elend in der Ecke saß. Was wussten die von seiner Not! Standen da als »Helden«, fühlten den Blick der Heimat auf sich ruhen, sprachen Worte, die, getragen von dem Echo einer Welt, die Einsamkeit mit Gleichgesinnten bevölkerten und die Kraft von Millionen in ihre Seele strömten; – und lachten über einen, der töten sollte ohne Hass und sterben ohne Begeisterung, für einen Sieg, der ihm nichts war als Gewalt, die sich durchsetzte, weil sie stärker zuschlug, nicht aber weil sie im Rechte, weil ihr Ziel gut und edel war. Mochten diese nur über ihn spotten; er hatte keinen Grund, sich zu verkriechen vor ihrem Mut!

Ein kalter, stolzer Trotz durchströmte ihn, dass er aufstand, auf einmal stark geworden, wie gehoben von der übermenschlichen Last, die er allein auf seinen Schultern trug. Er sah den Oberleutnant immer noch umhertänzeln, alles zusammenraffen und in seinen Rucksack stopfen; hörte ihn brüllend den Burschen beschimpfen, zur Eile treiben und zwischendurch immer wieder neue Einzelheiten auskramen, grausige Episoden aus den Kämpfen der letzten Tage, die Weixler mit gespannter Aufmerksamkeit verschlang.

– Was fragst? – schrie er eben lachend seinen Zuhörer an, – ob d'Italiener auch große Verluste g'habt haben? Ja, meinst, wir hab'n uns nur so z'ammpfeffern lassen wie die Has'n? Kannst dir ja ausrechnen, was die verloren haben, in den elf Angriffen, wann mir schon auf dreißig Manderln zammg'schmolz'n san, ohne aus'm Graben zu kriechen. Die soll'n nur so weiter machen, noch a paar Woch'n lang, dann werden's bald fertig sein mit ihrem Menschenmaterial! –

Hauptmann Marschner hatte nicht aufpassen wollen, stand über die Karte gebeugt und fuhr in die Höhe, als das Wort »Menschenmaterial« in sein Ohr schlug. Das klang in seine Gedanken hinein, wie ein Hohnschrei; – als hätten die beiden ihn durchschaut und sich verabredet, ihm so recht zu zeigen, wie allein er war.

»Menschenmaterial!« ...

In einem Graben, den Leichengeruch durchzog, der Einschlag der Granaten durchzitterte, standen zwei: jeder selbst Einsatz, und sprachen, während auch um ihre Knochen die Würfel noch rollten, von »Menschenmaterial«! Brachten dies ruchlos-schändliche Wort über die Lippen, ohne jede Empörung, als wäre es nur natürlich, dass ihr Leib nicht mehr als eine Spielmünze war in der Hand von Menschen, die sich das Recht nahmen, wie Götter zu spielen! Legten ihr einzig-unwiederbringliches

Leben ohne Bedenken einer Macht unter die Füße, die es erst mit ihren Leichen beweisen konnte, ob sie den Einsatz richtig zu platzieren weiß. Und die so sprachen, waren Offiziere! ... Wo gab es da noch einen Hoffnungsschimmer?

Draußen bei den Einfachen, beim Kanonenfutter vielleicht! Die kauerten jetzt ergeben auf ihren Plätzen, dachten nach Hause und fühlten sich doch jeder immer noch als Mensch. – Es zog ihn zu seinen Leuten, zu ihrer stillen, stumpfen Trauer, zu dieser wirklichen Größe, die ohne Pathos und ohne Feierlichkeit, gleichsam in der Hausjoppe, geduldig den Heldentod erwartete. Lautlos ging er, an den beiden Schwätzern vorbei, hinaus ins Freie.

Vor dem Ausgang standen marschbereit die Übriggebliebenen der abgelösten Kompanie im Laufgraben: immer zwei Mann mit einem toten Kameraden auf der Zeltbahn zwischen sich. Ein langer Zug, erschütternd in der lautlosen Erwartung, in die von oben das Zischen und Knallen der Schrapnells, das Krachen der Granaten wie eine Drohung an die noch Lebenden sich mischte. Marschner ballte erbittert die Fäuste gegen diese dröhnende Unersättlichkeit, als plötzlich der bleiche Feldwebel vor die Toten trat und ihn aus seiner Versunkenheit schreckte.

– Herr Hauptmann, ich meld' gehorsamst, wir haben noch drei Schwerverwundete, die net geh'n können, außer unsere vierzehn Toten. Für die drei Italiener sind mir keine Träger geblieben.

– Die lass'n wir euch zum Andenken da! – fiel mit seinem dröhnenden Lachen der Oberleutnant ein, der eben mit Weixler den Unterstand verließ. – Bei der Nacht kannst du sie da oben, zwischen den Laufgräben, verscharren lassen, Herr Hauptmann. Wann's finster wird, verlegen die Herrn Katzelmacher ihr Sperrfeuer weiter zurück, da kann man schon hinaus. Viel Ruh werdens zwar net hab'n, denn die Granaten reiß'n alles wieder aus; aber unsere eigenen Toten habens auch net schöner. Meinen armen Kadetten hab ich scho' dreimal begraben lass'n.

– Wie kommen denn die drei überhaupt her? – fragte Leutnant Weixler sich vordrängend, – Habt's ihr denn einen Grabenkampf g'habt?

Der Oberleutnant schüttelte stolz den Kopf: – Ja warum net gar! So weit hab'ns die Herrschaften nie 'bracht. Die Drei hab'n uns vorgestern Nacht den Stacheldraht abzwick'n wollen. Aber unser Maschinist hat's erwischt und hat ihnen den Spaß verdorb'n mit seiner Kugelspritz'n. Na, und nachher san's uns grad so vor der Nas'n g'legen, und haben so wunderschöne kanariengelbe Schuh ang'habt; die haben ihnen meine Leut net gönnt. Da – schloss er mit einem Fingerzeig auf die Füße des blassen Feldwebels, – da hast gleich ein Paar davon. Jetzt müss'n wir aber gehn! Los, Feldwebel! Respekt, Herr Hauptmann. Die Katzelmacher wer'n schaun, heut Abend, wann's so daherkommen, um uns schön bequem abzukrageln, und auf einmal legen hundertfünfzig Gewehre los und zwei seine neue Kugelspritzen. Haha! Schad', dass i net dabei sein kann! Servus Kleiner, viel Glück! – Einen lustigen Gassenhauer trällernd folgte er seinen Leuten; ohne sich noch einmal umzusehen, ohne zu bemerken, dass Marschner ihm noch ein Stück weit das Geleite gab.

Fröhlich, wie einen Sonntagsausflug, traten da Menschen den Weg an, der über das grausige Trümmerfeld, den steilen, zerschossenen Hügel führte. Welche Hölle mussten die hier, in diesem Maulwurfbau, durchlitten haben! ... Mit einem schweren Seufzer blieb der Hauptmann stehen. Es war, als ginge mit der langen, grauen Kolonne, die sich langsam durch den Graben schlängelte, die letzte Hoffnung weg. Der Rücken des letzten Soldaten, wie er so schaukelnd immer kleiner wurde, war die Welt; der Blick klammerte sich an diesen Rücken, maß bang die schwindende Entfernung von der Grabenecke, die ihn bald für immer verdecken musste. Noch konnte man einen Gruß nachrufen, – im Laufschritt noch einen Brief nachtragen! Dann verschwand auch dieser letzte Mittler, die letzte Möglichkeit, die Weite in zwei Hälften zu teilen. Und die Sehnsucht scheute zurück vor dem endlosen Raum, den sie nun allein zu überbrücken hatte.

Marschner sank in sich zusammen, als er nun ganz verlassen im leeren Graben stand. Wie ausgehöhlt fühlte er sich, sah hilfesuchend umher, und sein Blick blieb haften an der Mulde, die nun freigemacht war von den Leichen. Nur die drei Italiener lagen noch da. Der eine zeigte sein Gesicht, sperrte immer noch den Mund auf, zu einem Schrei, und seine Hände krallten sich, wie abwehrend, in den aufgedunsenen Leib. Die anderen lagen mit hochgezogenen Knien, den Kopf zwischen den Armen. Die nackten Füße starrten mit den grauen, verkrampften Zehen wie ausgeraubt, wie eine stumme Anklage in den Laufgraben hinein. Es lag eine Ferne um diese Leichen, eine Verlassenheit um diese entblößten Füße! Ein wirres Gewebe aus Erinnerungen, ein Gedränge von verwehten Gesichtern flimmerte auf: Ruderknechte aus Venedig – geschwätzige Kutscher – eine zahnlose Wirtin auf dem Posilipo; – zwei Urlaubsreisen durch Italien jagten ein Heer von Leidtragenden vorbei, – und als Letzte schloss die eigene Schwester den Reigen, saß sorglos bei der Musik auf der Türkenschanze, während der Bruder schon irgendwo starr aus der Erde lag, als toter Feind, den man mit dem Fuß beiseite schob.

Schaudernd eilte der Hauptmann weiter, als gingen die drei Toten, auf ihren nackten Sohlen, lautlos hinter ihm her; fühlte sich wie geborgen, als er endlich bei seinen Leuten ankam. Die Granaten fielen jetzt so dicht, dass keine Pause mehr die einzelnen Einschläge trennte, dass alle Geräusche zu einem einzigen, gleichmäßig fließenden Donner zusammenschmolzen, der die Erde wie einen Schiffsleib erzittern machte. Nur einem Volltreffer, der oben die Deckungen auseinanderwirbelte, folgte ein scharfes Krachen und Splittern, und, wenige Minuten später, schleppten zwei Männer ächzend eine Leiche herunter, lehnten sie an die Grabenwand und stiegen, durch den schmalen Schacht, wieder zurück auf ihren Posten. Marschner sah den Feldwebel aufstehn, den Mund bewegen, – dann erhob sich in der Ecke ein Soldat, nahm sein Gewehr und stapfte mit schweren Schritten den beiden anderen nach. Das war so trostlos! So unbarmherzig sachlich; etwa wie man bei Einzelübungen im Kasernenhof gelangweilt »der Nächste« ruft. Nur dass sich um den Toten sofort eine kleine Gruppe zusammenscharte, von der scheuen Neugier getrieben, die einfache Leute unwiderstehlich zu Leichen und Beerdigungen zieht. Auch von ihm erwarteten die meisten, – er fühlte es an ihren Blicken, – dass er nun hinübergehen werde, um dem Toten seine Referenz zu erweisen. Aber er wollte nicht! Er war fest entschlossen, nicht zu erfahren, wie der Gefallene hieß; fest entschlossen, sich endlich beherrschen zu lernen, allen kleinen Ereignissen gegenüber gleichgültig zu bleiben! Solange er das Antlitz des Toten nicht gesehen, seinen Namen nicht gehört hatte, war nur »ein Mann« gefallen. Einer von den vielen Tausenden. Wenn man Distanz behielt, sich nicht über jeden Einzelnen beugte, kein fest bestimmtes Schicksal vor sich aufsteigen ließ, war es gar nicht schwer, gleichgültig zu bleiben.

Trotzig ging er vor den zweiten Schacht hin, der nach oben führte, und merkte jetzt erst, dass es ganz still geworden war; dass kein Heulen, kein Bersten mehr herunterdrang. Lähmend löste dieses Schweigen den betäubenden Lärm ab, – füllte den Raum mit einer gespannten Erwartung, die ängstlich in allen Augen flackerte. Er wollte sich befreien von diesem beklemmenden Druck und kroch durch den bröckelnden Schacht in die Stellung hinauf.

Das erste was er erblickte, war der gekrümmte Rücken Weixlers, der sich mit dem Fernglas vor den Augen an ein Schutzschild schmiegte. Auch die anderen standen wie angesaugt an ihren Schießscharten, und die Regungslosigkeit ihrer Schulterblätter hatte etwas Erschreckendes. Auf einmal durchlief ein Zucken die erstarrte Reihe! Weixler sprang zurück, prallte gegen den Hauptmann, schrie: – Sie kommen! – stürzte weiter zum Schacht und blies mit geblähten Backen in seine Alarmpfeife. Hilflos starrte ihm Marschner nach, trat zaudernd zur Schießscharte und sah hinaus in das weite, rauchdurchzogene Feld, das jenseits der zerzausten Drähte, grau, zerrissen und blutbefleckt sich wölbte, wie der geblähte Leib einer riesenhaften Leiche. Weit rückwärts ging eben die Sonne unter, wuchs, halb schon versunken, rotglühend aus dem Boden. Und vor diesem blendenden Hintergrund tanzten schwarze Silhouetten, wie Mücken im Mikroskop, wie Indianer, die das Kriegsbeil schwingen. Ganz klein waren sie noch, verschwanden bisweilen, sprangen hoch, kamen näher, fuchtelten mit den Gewehren wie mit Polypenarmen, und ihr Geschrei wurde allmählich hörbar, anschwellend, wie fernes

Hundebellen; hell heulend, wenn sie »Avanti« brüllten; wie von dumpfem Donnerrollen abgelöst,
wenn der Ruf »Coraggio« durch ihre Reihen lief.

An der Böschung stand jetzt, dicht gedrängt,
Kopf an Kopf die Kompanie; die Gesichter aus
Stein, verbissen, kreideweiß, mit lippenlosem
Mund, das Gewehr im Anschlag; – ein einziges
Raubtier mit hundert Armen und Augen.

– Nicht schießen! Nicht schießen! Nicht schießen! – gellte die Stimme Weixlers ohne Atempause
durch den Graben; schlang sich um alle Kehlen und
hielt die Finger fest, die sich in bleicher Gier um die
Hähne krallten. Schon flog die erste Handgranate in
den Graben! ... Der Hauptmann sah sie kommen; –
sah einen Mann sich aus der Masse lösen, dem Ausgange zutaumeln, mit ausgebreiteten Armen, vornübergebeugt, einen roten Schleier aus Blut vor dem
Gesicht. Da setzte – endlich! – erlösend das Tacken
der Maschinengewehre ein, und sofort rasten auch
die Gewehre los, wie eine schnaubende Meute. Eine
abstoßende, kalte Gier lag auf allen Gesichtern.
Manche schrien laut auf vor Hass und Wut, wenn
wieder neue Gruppen auftauchten hinter den gelichteten Reihen; die Gewehrläufe glühten schon, –
und immer noch kam das gröhlende »Coraggio«
näher und näher.

Wie von Tobsucht befallen hüpften draußen die
Silhouetten, sprangen in die Luft, fielen hin, kollerten durcheinander, als hätte der Kriegstanz jetzt
erst seinen Paroxismus erreicht.

Da sah Hauptmann Marschner, wie der Mann

neben ihm für einen Augenblick das Gewehr senkte und mit hastigen, schlotternden Händen das Bajonett auf den rauchenden Lauf klemmte. Ein Erbrechen stieg in ihm hoch, dass er schwindelnd die Augen schloss und sich gegen die Grabenwand gelehnt, auf die Erde niedergleiten ließ. – Sollte, ... sollte er das ... das sehen? ... Menschen morden sehen, aus nächster Nähe? ... Er riss den Revolver aus der Tasche, nahm das gefüllte Magazin heraus und warf es weg. Nun war er wehrlos, – wurde auf einmal ruhig, richtete sich auf, von einer wunderbaren Gefasstheit gehoben, bereit sich niedermachen zu lassen von einem dieser keuchenden Tiere, die da, von blinder Todesangst gehetzt, heranstürmten. Er wollte als Mensch sterben, ohne Hass, ohne Wut, mit sauberen Händen! ...

Ein heiseres Aufbrüllen, ein fürchterlicher, entmenschter Schrei in seiner nächsten Nähe, riss seine Gedanken in den Graben zurück. Ein breiter Strahl aus Licht und Feuer fiel in steilem Bogen blendend neben ihm nieder; floss spritzend über die Schulter des großen, pockennarbigen Schneiders vom ersten Zug. Im Nu stand die ganze linke Seite des Mannes in Flammen. Er warf sich heulend auf die Erde, wälzte sich kreischend, sprang wieder auf, lief wie eine lebende Fackel jammernd umher, bis er zusammenbrach, halb schon verkohlt, zuckend um sich griff, und erstarrte. Hauptmann Marschner sah ihn liegen, atmete den Geruch des verbrannten Fleisches, und sein Blick fiel unwillkürlich auf die eigene Hand, wo, unter dem Daumen, ein winziger, weißer Fleck an die Qualen einer Brandwunde erinnerte, die er sich als Junge zugezogen.

Durch den Graben lief in diesem Augenblick ein brausendes, jauchzendes Hurra aus hundert befreiten Kehlen. Der Angriff war abgeschlagen! Leutnant Weixler hatte den Flammenwerfer auf's Korn genommen und auf den ersten Schuss getroffen. Die erstarrte Hand des Gefallenen hatte die Flammen, steil aufsteigend wie eine Fontäne, auf die eigenen Kameraden ergossen, und die dezimierten Reihen waren von der unerwarteten Gefahr jäh zurückgescheut, – wichen Hals über Kopf, verfolgt von rasendem Feuer aus allen Gewehren. Wie leblos fielen die Soldaten hin, mit schlaffen Zügen und erloschenen Augen, als hätte jemand den Kontakthebel der Leitung abgestellt, die diese toten Leiber von irgendwoher mit Kraft gespeist hatte. Einzelne lehnten käseweiß an der Grabenwand, legten den Kopf beiseite und erbrachen sich vor Übermüdung. Auch Marschner fühlte ein Übelsein in sich aufsteigen; tastete sich dem Ausgange zu. Nun wollte er in seinen Unterstand, – ganz allein sein, – sich irgendwie befreien von der Verzweiflung, die ihn umklammerte.

– Holla! – rief Leutnant Weixler ganz unerwartet in die Stille hinein und galoppierte nach links, wo die Maschinengewehre standen.

Der Hauptmann wandte sich noch einmal um, stieg auf den Antritt und sah ins Vorfeld hinaus. Da, dicht vor den Drahthindernissen, kniete ein Italiener, die Linke schlaff am Leib, die Rechte flehend erhoben, und rutschte langsam heran. Weiter rückwärts, halb verdeckt von dem Knienden, regte sich etwas auf der Erde. Drei Verwundete krochen dort, an den Boden gepresst, dem eigenen Graben zu; man sah genau, wie sie hinter Leichen Deckung suchten, immer wieder eine Weile regungslos liegen blieben, um nicht entdeckt zu werden vom Feind. So jämmerlich war der Anblick dieser gottverlassenen Kreaturen, die so mit Zähnen und Krallen an das bisschen Leben sich klammerten, vom Tod umlauert, jede Sekunde wie eine Ewigkeit über sich.

– Geht's, ist nicht irgendwo ein Strick da? – rief ein alter Korporal in den Graben zurück, – Der arme Teufel von an Salamucci dauert mich. Zieh' mer ihn rein! –

Mitten in seine Rede perlte eine Skala des Maschinengewehres. Der Kniende vor dem Stacheldraht horchte auf, warf sich zurück, wie zum Anlauf und fiel aufs Gesicht. Hinter ihm sah man die Erde stauben vom Einschlagen der Kugeln und die anderen, weit rückwärts, sich wie Schlangen ausrichten. Dann machten alle drei einen kurzen Satz nach vorne; – und blieben liegen.

Einen Augenblick stand Hauptmann Marschner sprachlos, sperrte den Mund auf und brachte keinen Laut aus der Kehle. Endlich löste sich seine Zunge und er schrie, mit einer wahnsinnigen, würgenden Wut in der Stimme: – Herr Leutnant Weixler! –

– Befehlen Herr Hauptmann? – kam es unbefangen zurück.

Er lief dem Leutnant entgegen mit geballten Fäusten, krebsrot im Gesicht.

– Haben Sie geschossen? – keifte er atemlos.

Der Leutnant sah ihn erstaunt an, legte die Hände an die Hosennaht und meldete stramm: – Zu Befehl, Herr Hauptmann. –

Wieder blieb Marschner für einen Augenblick die Stimme aus; seine Zähne schlugen klappernd aneinander. – Schämen Sie sich! – stammelte er am ganzen Leibe zitternd, – auf wehrlose Verwundete schießt ein Soldat nicht, merken Sie sich das! –

Weixler wurde kreideweiß. – Melde gehorsamst, Herr Hauptmann, der eine, der bei uns war, hat mir die anderen verdeckt; ich hab' ihn nicht verschonen können. – Dann, mit jäh sich aufbäumendem Zorn, fügte er trotzig hinzu: – Ich dachte auch, wir hätten genug hungrige Mäuler daheim.

Wie ein bissiger Hund fuhr der Hauptmann ganz nahe an ihn heran, stampfte mit dem Fuß und schrie: – Was Sie denken interessiert mich nicht. Ich verbiete Ihnen, auf Verwundete zu schießen! So lange ich hier das Kommando führe, ist jeder Verwundete heilig! Ob er zu uns will oder zum Feind! Haben Sie mich verstanden?

Der Leutnant reckte sich hochmütig. – Dann muss ich Herrn Hauptmann gehorsamst bitten, mir diesen Befehl schriftlich zu geben. Ich halte es für meine Pflicht, dem Feinde möglichst viel Schaden zuzufügen. Ein Mann, den ich heute laufen lasse, kommt in zwei Monaten geheilt zurück und schießt mir vielleicht zehn Kameraden tot.

Eine Sekunde lang standen sie sich regungslos gegenüber und starrten sich an, wie zwei Kämpfer auf Leben und Tod. Dann nickte Marschner ganz leise mit dem Kopf und sagte tonlos: – Sie sollen es schriftlich haben! – machte kehrt und ging. Vor seinen Augen tanzten farbige Kugeln, er musste alle Kraft zusammennehmen, um nicht das Gleichgewicht zu verlieren und fiel zerschlagen auf die Konservenkiste nieder, als er endlich den Unterstand erreicht hatte. Sein Hass wandelte sich langsam in eine tiefe, erbitterte Mutlosigkeit. Er wusste genau, dass er im Unrecht war. Seinem Gewissen gegenüber nicht! Ihm galt die Tat als feiger Meuchelmord, – aber er und sein Gewissen hatten hier nichts zu sagen, hatten sich hierher verirrt und mussten Unrecht behalten. Was sollte er tun? Gab er den Befehl schriftlich aus der Hand, dann bescherte er Weixler eine erwünschte Gelegenheit, sich hervorzutun und brachte sich selbst vor den Auditor. Und diesen Triumph wollte er dem hämischen Kerl nicht gönnen! Lieber selbst Schluss machen: hingehen zum Brigadekommando und es den hohen Herren offen ins Gesicht sagen, dass er das blutige Scheibenschießen nicht länger mitanschauen, dass er Menschen nicht wie reißende Tiere jagen könne, gleichviel welche Uniform sie trugen. Wenigstens hörte das Versteckenspielen endlich auf. Sie sollten ihn nur füsilieren oder aufknüpfen lassen, wie einen gemeinen Verbrecher. Er würde ihnen zeigen, dass er zu sterben wusste.

Mit festen Schritten ging er hinaus, befahl einem

Soldaten, den Herrn Leutnant zu holen. So hell war es jetzt in ihm, und so ruhig! Er hörte das höllische Feuer, das die Italiener wieder auf den Graben legten, und ging langsam, wie ein Spaziergänger, nach vorne.

– Jetzt schmeißens mit schweren Minen! – meldete der alte Korporal, – und schaute den Hauptmann verzweifelt an. Aber der ging vorbei, ungerührt von dem flehenden Kummer. Das alles ging ihn nichts mehr an. Der Herr Leutnant übernahm hier das Kommando. Das wollte er ihm eben sagen; konnte es kaum erwarten, die Verantwortung von sich zu wälzen! ... Und kroch, als Weixler noch immer nicht kam, durch den Schacht in die Stellung hinaus.

Die kleinen, schlechten Augen flogen ihm entgegen, suchten den geschriebenen Befehl in seiner Hand. Er tat, als merkte er den fragenden Blick gar nicht, herrschte ihn hochfahrend an: – Herr Leutnant, ich übergebe Ihnen jetzt die Kompanie bis ...

Ein kurzes Heulen von unerhörter Stärke schnitt ihm das Wort ab. Er hatte das Gefühl: – Das trifft mich! – sah im selben Augenblick auch schon etwas wie einen schwarzen Walfisch vor seinen Augen aus dem Himmel sausen, kopfüber in die rückwärtige Grabenwand hineinfahren – – – dann brach ein Krater aus der Erde, ein Flammenmeer, das ihn aufhob und ihm die Lunge mit Feuer füllte.

Als er langsam zu sich kam, lag er unter einem Erdwall begraben, nur der Kopf und der linke Arm waren frei; die anderen Glieder fühlte er nicht mehr.

Sein ganzer Körper war gewichtslos geworden, er fand seine Beine nicht, es war nichts da, was er hätte bewegen können, nur ein Brennen und Wühlen, das von irgendwo her in sein Gehirn mündete, die Stirne versengte und die Zunge zu einem schweren, würgenden Klumpen anschwellen ließ.

– Wasser! – stöhnte er. – War denn niemand da, um ihm einen Schluck Wasser in die ausgebrannte Mundhöhle zu träufeln? War niemand? ... Wo war denn Weixler? Der musste doch da in der Nähe stehen. Oder? – – – oder sollte der ... am Ende auch verwundet? ... Er wollte hochschnellen, – wissen, was mit Weixler geschehen war – – – er wollte! ... Wie ein überlasteter Dampfkran mühte sich seine linke Hand, den Kopf zu erreichen, und als es ihm endlich gelang, sie unter den Nacken zu schieben, da fühlte er erschauernd, dass der feste Widerstand der Hirnschale ausblieb, dass er in einen weichen, warmen Brei hineingriff, in dem seine Haare, vom geronnenen Blut verkleistert, wie ein feuchter, warmer Filz an den Fingern pappen blieben.

– Sterben! – durchfuhr es ihn kalt, – Hier sterben, ganz allein ... Und Weixler? ... Er musste erfahren, was mit dem ... musste! ...

Mit übermenschlicher Anstrengung stemmte er seinen Kopf, mit der Linken, so weit hoch, dass er einige Schritte weit den Graben überblicken konnte. Und nun sah er Weixler, mit dem Rücken gegen sich, mit dem rechten Arm an die Wand gelehnt, schief dastehen, die linke Hand an den Leib gepresst, die Schultern hoch oben, wie im Krampf.

Noch eine Spanne höher reckte er sich, erblickte den Boden und einen breiten, dunklen Schatten, den Weixler warf. Blut? ... Er blutet! ... Oder? – Das war doch Blut! ... Konnte nur Blut sein ... Und dehnte sich doch so merkwürdig, zog wie ein dünner, roter Faden zu Weixler hinauf, dorthin, wo er sich den Leib hielt, – – – als wollte er die Wurzeln abreißen, die ihn an die Erde fesselten. – – –

Er musste doch sehen! ... schleuderte den Kopf nach vorne – – – und stieß einen röchelnden Schrei aus, einen Schreckensschrei, – als er erkannte, dass der Unglückliche seine Eingeweide hinter sich herzog. – Weixler! – entfuhr es ihm gellend, von heißem Mitleid durchzittert.

Der Angerufene wandte sich langsam, sah fragend zu Marschner hinunter, blass, traurig, mit erschrockenen Augen. Nur den Bruchteil einer Sekunde lang stand er so, dann verlor er das Gleichgewicht, taumelte und fiel nieder, verschwand aus dem Gesichtskreis des Hauptmanns. Kaum dass ihre Blicke Zeit gehabt hatten, sich zu kreuzen, – vorbeigehuscht war nur das bleiche Gesicht! Und doch stand es da; blieb haften in der Luft, mit einem milden, weichen, klagenden Zug um die schmalen Lippen, mit einem unvergesslichen Ausdruck von sanftem, ängstlichem Sich-ergeben.

– Er leidet! – ... durchflammte es Marschner. – Er leidet! – ... jauchzte es in ihm. Und ein Leuchten ergoss sich über seine Blässe, ... seine blutverklebten Finger fuhren wie streichelnd durch die Luft ... bis der Kopf zurücksank und die Augen brachen.

Die ersten Soldaten, die durch den hochgetürmten Erdwall endlich bis zu ihm vordrangen, fanden ihn schon entseelt; um seinen Mund schwebte, trotz der grässlichen Verwundung, ein zufriedenes, fast glückliches Lächeln.

3

DER SIEGER

Auf dem großen Platz vor dem alten Rathaus, das jetzt dem Armee-Oberkommando als Amtsgebäude diente und die drei zauberkräftigen Buchstaben A. O. K. wie ein kabbalistisches Zeichen auf der Stirne trug, konzertierte auf Befehl Seiner Exzellenz, von drei bis vier Uhr nachmittags, täglich eine Militärkapelle. Es sollte der Zivilbevölkerung für die vielen Unannehmlichkeiten, die das Einquartieren von mehreren hundert Stabsoffizieren und einer Reihe niederer Kommandostellen unvermeidlich im Gefolge hat, dieses kleine Vergnügen als Entschädigung geboten werden. Auch trugen – nach Ansicht des Exzellenzherrn – derartige Veranstaltungen viel zur Beliebtheit des Militärs bei und förderten den Patriotismus der Schuljugend und der kompakten Masse. Für die Stimmung im Publikum zu sorgen und für gutes Einvernehmen zwischen den Militär- und Zivilbehörden hielt der gestrenge

Herr Oberkommandierende – bei aller Wahrung seiner Vorrechte – im Interesse der Kriegführung für dringend geboten. – Nebenbei aber hatte der Umstand, dass die Herren des Generalstabes, mit Exzellenz an der Spitze, um diese Zeit ihren Schwarzen einnahmen, nicht unwesentlich zu der Einführung dieser Nachmittagskonzerte beigetragen.

Unter den hundertjährigen Platanen, die mit ihren riesigen, ineinandergreifenden Kronen den ganzen Platz wie ein Kirchenschiff überwölbten, saß es sich sehr angenehm. Die Herbstsonne lag mit mattem Glanz auf den Mauern ringsum, streute, wie durch Butzenscheiben, goldene Ringe durch das dichte Laub auf die kleinen, runden Tische, die in langen Reihen vor dem Kaffeehaus standen. Für die Herren vom Generalstab war eine Extrareihe da, schneeweiß gedeckt, mit kleinen Blumenvasen und frischen, knusprigen Kuchen, die ein Verpflegsfeldwebel, täglich Punkt drei, aus der großen Feldbäckerei herüberbrachte, wo sie für Exzellenz und seine Kaffeegesellschaft eigens und mit entsprechender Sorgfalt unter persönlicher Aufsicht des Kommandanten verfertigt wurden.

Es war ein schönes, lustiges Bild, ein buntes, richtiges Großstadttreiben um den Musikpavillon, so lebendig und sorglos fröhlich wie auf dem Graben in Wien, an einem schönen Frühlingssonntag, im tiefsten Frieden. Die Kinder umstanden andächtig das Orchester, schlugen den Takt und klatschten begeistert Beifall nach jedem Stück. In den Straßen, die auf den Platz mündeten, zirkulierte die heranwachsende Jugend, kichernde Backfische mit buntbemützten Gymnasiasten; während die haute-volée, die Damen der ortsansässigen Beamten- und Kaufmannschaft, in der benachbarten Konditorei auf der Lauer saßen, um sich emsig zu entrüsten über die unternehmungslustigen Hüte, durchschimmernden Strümpfe und fast kniefreien Röcke einer gewissen zugereisten Weiblichkeit, die da, trotz aller Proteste und Verfügungen, bei helllichtem Tage schamlos ihr Unwesen trieb.

Die Hauptnote aber gaben doch die durchreisenden Offiziere. Alles, was auf Urlaub ging oder wieder zur Truppe einrückte, musste durch die Stadt und genoss in vollen Zügen den ersten oder letzten freien Tag. Jeder geringste Mangel draußen an der Front, ob es nun Hufnägel, Sattelseife, Sanitätsmaterial oder Flaschenbier zu holen galt – alles konnte hier am nächsten und raschesten besorgt werden, in dieser ersten kleinen – großen Stadt. Wer Pech hatte oder unbeliebt war, erhielt eine Auszeichnung für seine Heldentat, und damit basta. Wer aber die Gunst seines Kommandanten genoss, wurde vor allem hierher zum Einholen geschickt, als Lohn. Eine unglaubliche Findigkeit im Entdecken dringender Bedürfnisse hatte sich allmählich herausgebildet, und ein geheimnisvolles, arithmetisches Verhältnis waltete unverkennbar zwischen dem Aufwand der einzelnen Truppenteile an Holzkohle, Wagenfetten und so weiter und der Entfernung ihres Standortes von der beliebten Etappenstation.

Lange währte das Vergnügen ja nicht. Gerade die Zeit, ein heißes Wannenbad zu nehmen, seine besten Uniformstücke, frisch aufgebügelt, einige Mal in den Hauptstraßen herumzuzeigen, zwei Mahlzeiten an weißgedecktem Tisch und eine kurze Nacht in einem richtiggehenden Bett, mit oder – wenn's durchaus sein musste – ohne Zärtlichkeit; – dann ging es wieder betrübt und in nervöser Reizbarkeit hinaus zum rasend überfüllten Bahnhof und zurück zur Front, in das feuchte Erdloch oder sonnendurchglühte Blockhaus.

Die Lebensgier dieser jungen Offiziere, die so mit hungrigen Augen durch das Städtchen bummelten – ein Hasten im Blut, wie der Taucher, der in einem Augenblick die Lunge sich vollsaugt –, hatte allmählich das ganze, langweilige Provinznest angesteckt. Es prickelte, schäumte, bereicherte sich und wurde leichtlebig; konnte gar nicht genug haben an Sensationen, nun es einmal im Mittelpunkte des Weltgeschehens stand und einen Anspruch hatte auf Ereignisse.

Kopf an Kopf wogte die Menge auch an diesem Wochentage an der Musik vorbei, festlich gekleidet und festlicher Laune, durchzuckt von den Rhythmen des Blauen-Donau-Walzers, den das Orchester mit Trommelwirbel und Tschinellenschlag hinreißend exekutierte. Wie hinter den Kulissen eines ganz großen Festspielhauses, während der Aufführung einer Tragödie mit Chören und Massenaufzügen, ging es eigentlich zu. Von dem blutig ernsten Stück, das vorne gespielt wurde, sah und hörte man nichts. Das Gesicht der Akteure entspannte sich hier auf der Hinterbühne; sie rasteten, warfen sich hinein in den farbigen Rummel, herzlich froh, nichts zu wissen von dem Fortgang des Trauerspiels; genau wie richtige Schauspieler auch in ihr bürgerliches Dasein zurückfallen bis zum nächsten Stichwort.

Wer da, im Schatten der alten Bäume sitzend, bei Kaffee und Zigarre diesem Treiben zusah, konnte leicht von der Illusion erfasst werden, auch das Drama, das vorne an der Front gespielt wird, sei nur ein lustiges Spektakelstück. Der ganze Krieg präsentierte sich, von hier aus gesehen, wie ein lebenspendender Strom, der Musikkapellen heranschwemmt, Geld und Frohsinn unter die Leute bringt und, von promenierenden Offizieren betrieben, von gemächlich verdauenden Generalstäblern dirigiert wird. Von seiner blutigen Seite war nichts zu sehen! Kein Geschützdonner schlug ans Ohr, kein Verwundeter trug sein persönliches Elend als störende Note in die allgemeine Lebenslust hinein.

Das war freilich nicht immer so gewesen. In den ersten Tagen, als das tägliche Kaffeekonzert noch den Reiz der Neuheit hatte, ergossen sämtliche Sanitätsanstalten, alle Ergänzungs-, Not- und Reservelazarette ihren ungeheuren Bestand an Rekonvaleszenten und Leichtverwundeten in die Stadt hinein auf die Promenade. Aber das dauerte nur zwei Tage. Dann befahl Seine Exzellenz der

Oberkommandierende den Garnisonschefarzt zu
kurzer Audienz und erklärte dem zerknirschten
Sünder in scharfen Worten, wie ungünstig ein solcher Anblick die Stimmung im Publikum beein-
flusste. Er gab der Hoffnung Ausdruck, dass alles,
was Verbände trägt, verstümmelt ist oder sonstwie
geeignet erscheint, deprimierend auf die allgemeine
Kriegsbegeisterung einzuwirken, künftighin in den
Spitälern konsigniert bleiben werde.

Und seine Hoffnung wurde nicht enttäuscht!
Nichts Unerfreuliches trübte mehr sein Vergnügen,
wenn er, mit der geliebten Virginia zwischen den
Zähnen, über die lange Reihe seiner Untergebenen
hinweg, auf die Straße hinaus sah. Niemand ging
da vorbei, ohne einen ehrfurchtsvoll scheuen Seitenblick auf den allmächtigen Schlachtenlenker zu
werfen, der wie andere gewöhnliche Sterbliche
seinen Kaffee schlürfte, trotzdem er der berühmte
Generaloberst X. war, unbeschränkter Herr über
Hunderttausende von Menschenleben, in den Zeitungen mit Vorliebe »Der Sieger von ***« genannt.
Kein Schicksal gab es in dieser Stadt, das er nicht
mit einem Federstrich hätte umbiegen, nichts, was
er nicht nach Gutdünken hätte fördern oder ver-
nichten können. Seine Gunst bedeutete Lieferungen
und Reichtum oder Auszeichnung und Avance-
ment; seine Ungnade Aussichtslosigkeit oder eine
Marschroute in den sicheren Tod.

Mollig zurückgelehnt in den großen Korbstuhl,
der einmal historisch zu werden versprach, saß lächelnd der Gewaltige und scherzte mit der Frau

seines Generalstabschefs. Er wies mit der Hand hinaus auf die Straße, wo im grellen Sonnenschein die Menge wogte, und sagte mit einer satten, triumphierenden Heiterkeit in der Stimme:

– Da! Dieses Treiben möchte ich einmal den Herren Pazifisten zeigen, die immer so tun, als wäre der Krieg nichts als ein scheußliches Gemetzel. Sie hätten dieses Nest im Frieden sehen sollen, gnädige Frau. Zum Einschlafen! Der Dienstmann an der Ecke verdient heute mehr Geld als früher der größte Kaufmann. Und haben Sie sich schon die jungen Leute angesehen, die von der Front hereinkommen? Sonnenverbrannt, gesund und vergnügt! Die meisten sind im Frieden in irgendeiner Kanzlei gehockt; schlapp, käsig, verbummelt. Glauben Sie mir, die Welt ist noch nie so gesund gewesen wie heute. Nehmen Sie aber eine Zeitung in die Hand, dann lesen Sie von einer Weltkatastrophe; vom Verbluten Europas und was die Herren sonst noch zusammenschmieren. –

Die buschigen, weißen Brauen glitten hoch hinauf bis zur Mitte der stark gewölbten Stirne; die kleinen, stechend schwarzen Augen huschten beobachtend über die Gesichter der Anwesenden.

Die Anregung des Exzellenzherrn wurde sofort emsig aufgenommen. An allen Tischen flammte das Gespräch auf, wurde die segensreiche Wirkung des Krieges abgewandelt, ergingen die Spaßmacher sich in witzigen Bemerkungen über das Schreibergeschwätz der Friedensfreunde. Nicht ein einziger saß in der ganzen Gesellschaft, dem der Krieg nicht we-

nigstens zwei Auszeichnungen, materielle Sorglo-
sigkeit und eine herrschaftliche Lebensführung
beschert hatte, wie sie in Friedenszeiten nur vielbe-
neideten Geldmagnaten beschieden ist. Der Krieg
trug, in diesem Kreise, die Maske Knecht Ruprechts,
einen Sack voll guter Gaben auf dem Rücken und
eine Anweisung auf glänzende Karriere in der
Hand. Wohl hatte der eine oder andere der Herren
einen Trauerflor auf dem Ärmel, für den Bruder
oder Schwager, der als Truppenoffizier das andere,
das todbringende Gorgonenantlitz des Krieges ge-
schaut. Aber dieses Antlitz war so weit – über
sechzig Kilometer in der Luftlinie; und ein gelegent-
licher Ausflug in seine Nähe war kurzer Nervenkit-
zel, spannendes Erlebnis. In einer Stunde raste das
Auto wieder in die Sicherheit zurück, zur Bade-
wanne; und man ging wieder in Stiefeletten über
asphaltierte Straßen. Wer hätte da nicht einstimmen
mögen in das Loblied der Exzellenz? ...

Der hohe Herr lauschte eine Weile noch befriedigt dem Stimmengewirr, das seine Worte entfesselt
hatten, und zog sich dann allmählich wieder in
seine Gedanken zurück. Er blickte ernsthaft vor sich
hin, sah die Sonnenringe, die durch das bewegliche
Laubdach wie durch ein Sieb auf ihn herabfielen,
glitzernd mit den Kreuzen und Sternen spielten, die
in drei dichtgesäten Reihen seine linke Brusthälfte
bedeckten. Alles, was die Herrscher vier mächtiger
Reiche für Heldenmut, Todesverachtung und hohe
Verdienste als sichtbares Dankeszeichen zu vergeben hatten, war vollzählig da in der reichen

Sammlung. Es gab keine Ehrung, die der Sieger von *** noch hätte erstreben können. Und das alles hatten ihm elf kurze Kriegsmonate an den Hals geworfen; war die Ernte eines einzigen Kriegsjahres. Neununddreißig Dienstjahre hatte er vorher in öder Gleichmäßigkeit, in ewigem Kampfe mit schäbigen Alltagssorgen abgehaspelt; hatte sich müde gerungen mit all den Nöten eines hoffnungslosen Kleinbürgerdaseins, das den kläglichen Bemühungen eines verschämten Armen gleicht, der einen Defekt seiner Kleidung mit tausend Kniffen zu verbergen sucht und das verräterische Loch immer wieder hervorlugen sieht aus der krampfhaft drapierten Verhüllung. Neununddreißig Jahre lang hatte er sich unentwegt auf Enthaltsamkeit trainiert, mit sehr viel Gold auf der Uniform und sehr wenig in der Tasche; war eigentlich längst schon bereit gewesen abzugehen, gründlich satt des billigen Vergnügens, als Nero auf dem Exerzierfeld den Krampus zu machen für junge Offiziere. Und da kam das Wunder! Im Handumdrehen war aus dem grantigen alten Herrn eine Art Nationalheld, eine europäische Berühmtheit, war er »der Sieger von ***« geworden. Genau wie im Märchen, wenn die gütige Fee erscheint, der verwunschene Prinz in strahlender Jugend der garstigen Hülle entsteigt und, von Lakaien und Rittern umringt, sein prächtiges Schloss bezieht.

Die strahlende Jugend blieb ihm wohl versagt; aber er war doch wieder elastisch geworden, das ereignisreiche Jahr hatte ihn aufgerüttelt, Lebenslust und Arbeitskraft eines Vierzigjährigen pulsierten, neu erwacht, in seinen Adern. Als Herrscher saß er da, im Schatten der Platanen; das Glück an seiner Brust spiegelte leuchtend die Sonne – und eine Stadt lag ihm zu Füßen! Nichts, gar nichts fehlte, um das Märchen vollkommen zu machen. Vor dem Kaffeehaus schlummerte das riesige, graue Tier, von zwei strammen Unteroffizieren bewacht, mit der Lunge von hundert Pferden im Brustkasten, des Kurbelschlages harrend, der es weckt, um den Herrn mit Windeseile hinauszufahren auf sein Schloss, hoch über Stadt und Tal. Wo war die Zeit, da man, mit Generalsstreifen auf der Hose, noch mit der Trambahn nach Hause fuhr, in die standesgemäße Sechszimmerwohnung, die eigentlich eine Fünfzimmerwohnung war mit einer Kammer? Wo war das alles? ... Jahrhunderte hatten ihre edelsten Kräfte, Generationen ihren Kunstsinn aufgeboten, um das Schloss – das jetzt für Seine Exzellenz den Oberkommandierenden der ...ten Armee requiriert war – mit den erlesensten Schätzen zu füllen. Sonne und Zeit hatten unermüdlich ihre Arbeit getan, bis der laute Glanz des aufgestapelten Reichtums, zu wohltemperierter Pracht gedämpft, wie durch einen feingewobenen Schleier schimmerte. Wer da täglich, als Herr des Hauses, die mächtige Freitreppe hinanstieg, seinen Willen laut durch die vornehm schlummernden Räume hetzte, musste sich als König fühlen, konnte den Krieg nur wie ein herrliches Märchen erleben. Oder gab es je einen Hofhalt, der näher das Wunder streifte? In der Küche regierte ein Meister seiner Kunst: der Chef des ersten Hotels im Lande – sonst mit doppeltem Generalsgehalt nicht zufrieden – für einen Lohn von fünfzig Heller täglich; und wandte doch seine ganze Kunst auf, hatte nie angstvoller gestrebt, dem Gaumen, dem er diente, zu schmeicheln! Der Braten, den er servieren ließ, war das schönste Stück Fleisch, das zweihundert Ochsen, die täglich im Armeebereich ihr Leben fürs Vaterland ließen, bei sorgfältigster Wahl zu vergeben hatten! Die würdigen Männer, die ihn auf silbernen Schüsseln – von Schülern Benvenutos für den Ahn des Hauses geschmiedet – auftrugen, waren Generäle des Kellnerstandes, ließen, im Frieden, den Frack in London bauen und lauerten jetzt, wie verprügelte Pikkolos, zitternd auf jeden Wink des Gebieters! Und dieser ganze Train, dieser ganze fürstliche Haushalt funktionierte automatisch und – ganz ohne Geld! Ohne dass der Herr, für den alles sich mühte, jemals den sonst so unvermeidlichen Griff zur Brieftasche tat. Unerschöpflich zirkulierte das Benzin in den Adern der drei Kraftwagen, die Tag und Nacht auf den Marmorquadern des Schlosshofes sich rekelten; wie von Feenhänden gespendet strömte alles herbei, was Mund und Auge begehrten. Kein Bedienter forderte seinen Lohn, alles schien selbstverständlich da zu sein wie in Märchenschlössern, wo jeder Wunsch Schöpferkraft besitzt.

Allein nicht nur das »Tischlein deck dich« war Ereignis, war ernste, greifbare Wirklichkeit geworden. Das Wunder war nicht erschöpft, wenn es neunundzwanzig Tage lang alle Vorratskammern gefüllt hatte. Es trieb am dreißigsten Tag auch den Esel, der sich streckt und Reichtum spendet, noch auf, und an Stelle der leidigen Lieferantenrechnungen flatterten Banknoten ins Haus. Statt Ärger, Streit, notwendige Knauserei seufzend zu tragen, stopfte man sich die Taschen gelangweilt mit den Scheinen voll, die ja doch gänzlich überflüssig waren in dem Schlaraffenland, das der Krieg seinen Vasallen erschlossen hatte. Eine einzige finstere Wolke nur huschte ab und zu über das strahlende Firmament dieses Wunderlandes, und ihr Schatten streifte die Stirne Seiner Exzellenz. Der Gedanke, das Märchen könnte der Wirklichkeit weichen, die Angst, eines Tages erwachen zu müssen aus diesem herrlichen Traum, störte zuweilen die reine Freude. Nicht vor dem Frieden war es dem Exzellenzherrn bange. An den dachte er gar nicht. Aber wie, wenn die Mauer, aus Menschenleibern kunstvoll gebaut, eines Tages doch ins Wanken geriete? Wenn der Feind alle Riegelstellungen durchstößt, die Disziplin der Panik weicht und die mächtige Mauer in ihre Bestandteile zerfällt, sich in angsterfüllte, um ihr Leben jagende Menschen auflöst? ... Dann würde der Sieger von ***, der allmächtige Märchenkönig wieder in den schäbigen Alltag zurücksinken, müsste irgendwo, in einem stillen Nest, unbemerkt seine Pension verzehren, seine Trophäen in eine bescheidene Etagenwohnung pfropfen und, unter andern Ausrangierten, als Stammtischgröße sich bescheiden! Ein Misserfolg – und die Welt vergisst im Nu ihre Begeisterung; ein anderer zieht ins Schloss hinauf, ein anderer rast im Kraftwagen als Herrscher durch die Stadt, der ganze riesige Tross blickt demütig zum neuen Herrn empor, und der alte wird zur Anekdote, eine entlarvte Vogelscheuche, die jeder Spatz frech besudelt!

Die kleine, fleischige Hand ballte sich unwillkürlich zur Faust, und die gefürchtete Querfalte über der Nasenwurzel, das »Gewitterzeichen«, das die eigenen Soldaten wie der Feind fürchten gelernt, grub sich, für einen Augenblick, in die hochgewölbte Stirne. Dann hellte sich das Gesicht wieder auf, und Exzellenz sah sich stolz im Kreise um.

Nein! Der Sieger von *** hatte keine Angst. Seine Mauer stand fest und wankte nicht. Drei Monate hatte jede Nachricht, die in der Abteilung für Kundschafterdienste einlief, von den ungeheuren Vorbereitungen im feindlichen Lager berichtet. Drei Monate lang hatten sie drüben Munition gehäuft und Kräfte zusammengezogen für den Monstreangriff, der nun, seit heute Nacht, entfesselt war. Der General wusste, was die Menschenmenge, die da lustig in der Sonne wimmelte, erst am nächsten Morgen aus den Zeitungen erfahren sollte, dass draußen an der Front seit zwanzig Stunden eine erbitterte Schlacht im Gange war; dass, kaum sechzig Kilometer von dem Promenadenkonzert, die Geschütze ohne Atempause tobten, ein dichter Hagel von glühendem Eisen zischend auf seine Soldaten niederprasselte. Drei restlos abgewiesene Infanterieüberfälle hatten die Morgenberichte schon gemeldet, und jetzt hämmerte mit rasender Wut die Artillerie, als Einleitung zu neuen Kämpfen während der Nacht.

Nun, sie sollten nur kommen!

Mit einem Ruck richtete sich der Exzellenzherr auf und sein Blick bekam einen gespannten Ausdruck, als könnte er während seine Finger auf der Tischplatte nervös den Takt zum Donauwalzer trommelten – das Trommelfeuer hören, das draußen an der Front wie Sturmwind brüllte. Seine Vorkehrungen waren getroffen: das Menschenreservoir bis zum Überlaufen aufgefüllt! Zwei Mal Hunderttausend junge, kräftige Burschen, die erlesensten Jahrgänge, lagen rückwärts bereit, um im geeigneten Moment vor die Walze geworfen zu werden, bis sie in einem Sumpf von Blut und Knochen steckenblieb. Sie sollten nur kommen, je stärker, desto besser. Der Sieger von *** war bereit, seinen Lorbeeren einen neuen Zweig hinzuzufügen, und seine Augen blitzten wie die vielen Tapferkeitszeichen an seiner Brust.

Da erhob sich am Nachbartisch sein Adjutant, kam zögernd heran und flüsterte Exzellenz einige Worte zu.

Der hohe Herr schüttelte ablehnend das Haupt.

– Es ist eine wichtige ausländische Zeitung, Exzellenz! – drängte der Adjutant und fügte, als der Gebieter immer noch energisch abwinkte, bedeutungsvoll hinzu: – Der Herr hat ein Empfehlungsschreiben aus dem Hauptquartier mitgebracht, Exzellenz.

Da gab der General den Widerstand endlich auf, erhob sich seufzend und sagte, halb scherzhaft, halb ergrimmt zu seiner Nachbarin: – Ein rechtschaffenes Kartätschfeuer wär' mir lieber! – Dann folgte er ergeben dem Adjutanten, reichte dem kahlköpfigen Zivilisten, der stürmisch hochschnellte und in der Mitte auseinanderbrach wie ein zuklappendes Federmesser, jovial die Hand und lud ihn zum Sitzen ein.

Der Journalist stammelte einige Worte der Verwunderung, schlug erwartungsvoll sein Notizbuch auf, eine Reihe von Fragen auf den Lippen. Allein der Exzellenzherr ließ ihn gar nicht erst zu Worte kommen. Er hatte sich für derlei Fälle – im Laufe der Zeit – einige wohlüberlegte, unverfängliche Äußerungen zurechtgelegt und sagte nun seine Rede, mit scharfer Betonung und kurzen Denkpausen, gehorsam her.

Vor allem gedachte er rühmend seiner braven Soldaten, lobte ihre Tapferkeit, ihre Todesverachtung, ihre über alles Lob erhabenen Leistungen. Sodann sprach er sein Bedauern aus über die Unmöglichkeit, jeden einzelnen dieser Helden nach Gebühr zu belohnen, und forderte vom Vaterlande – mit erhobener Stimme – unvergängliche Dankbarkeit für so viel Treue und Selbstverleugnung bis in den Tod. Er erklärte, mit einem Fingerzeig auf den dichten Ordenswald, die Auszeichnungen, die ihm zuteil geworden waren, für eine Ehrung, die seinen Soldaten galt. Endlich flocht er noch einige maßvoll lobende Worte über den Gefechtswert der feindlichen Soldaten und die Umsicht ihrer Führung ein und schloss mit der Äußerung seines unerschütterlichen Vertrauens in den Endsieg.

Der Journalist lauschte andächtig und warf nur ab und zu ein kurzes Stichwort zu Papier. Die Hauptsache war ja doch das Auftreten des Gewaltigen, seine Art zu reden, seine Gesten zu beobachten, seine Persönlichkeit in wenigen, markanten Zügen einzufangen.

Der Exzellenzherr legte, nachdem er seine Rede geschlossen, den Feldherrn gleichsam ab, wandelte sich aus dem Sieger von *** zum Weltmann. – Sie gehen jetzt an die Front, Herr Doktor? – frug er mit verbindlichem Lächeln und antwortete auf das begeisterte »Ja« des Schriftstellers mit einem schweren, melancholischen Seufzer. – Sie Glücklicher! Ich kann Sie nur beneiden. Sehen Sie, das ist der tragische Zug im Leben des Feldherrn von heute, dass er seine Truppen nicht mehr selbst ins Feuer führen darf! Ein ganzes Leben lang hat er sich auf den Krieg vorbereitet, ist Soldat mit Leib und Seele und kennt die Aufregungen des Kampfes nur vom Hörensagen. –

Hoch erfreut über die subjektive Äußerung, die er nun doch noch ergattert hatte und die ihm durchaus geeignet erschien, den allmächtigen Befehlshaber in der gewinnenden Rolle des Entsagenden, der auch nicht immer konnte, wie er mochte, zu zeigen, hatte der Journalist sich für einen Augenblick über sein Notizbuch gebeugt und fand, als er wieder aufblickte, das Gesicht der Exzellenz – zu seinem Erstaunen – gänzlich verändert. Die Stirne lag in drohenden Falten, die Augen starrten, weit aufgerissen, erwartungsvoll über den Interviewer hinweg. Der wandte sich rasch um und sah einen blassen, abgemagerten Infanteriehauptmann, mit merkwürdig schlotterndem Gang, grinsend auf die Exzellenz zusteuern. Immer näher kam er – starrte mit gläsern glotzenden Augen und lachte ein hässliches, stumpfsinniges Lachen. Schon sprang der Adjutant erschrocken auf von seinem Tisch – die Adern Seiner Exzellenz schwollen wie Taue auf der Stirne –, der Journalist sah ein Attentat kommen und erblasste. Bis auf einen halben Schritt wankte der unheimliche Hauptmann an die beiden heran. Dann blieb er stehen, kicherte blödsinnig und griff – wie ein Kind, das nach dem Lichte hascht – in die dichtgehäuften Orden der Exzellenz hinein.

– Sehr schön – – – glänzt schön! – lallte er mit schwerer Zunge; wies mit seinem endlos dünnen, zitterigen Zeigefinger zur Sonne hinauf, grölte: – Sonne! –, dann, wieder nach den Orden greifend, noch einmal: – Glänzt schön! – Dabei wanderte sein unruhiger Blick, wie suchend, hin und her, und das hässliche, vertierte Lachen wiederholte sich nach jedem Wort.

Die Rechte des Exzellenzherrn war in die Höhe geschnellt, um den Kerl, der da so respektlos auf ihn loskam, vor die Brust zu stoßen. Nun legte sie sich dem armen Narren begütigend auf die Schulter.

– Sind wohl aus dem Spital hereingekommen,

Herr Hauptmann, zur Musik? – sagte er und winkte seinem Adjutanten mit den Augenbrauen. – Es ist weit hinaus zum Spital mit der Trambahn! Setzen Sie sich in mein Automobil, das fährt schneller.

– Auto – – – schneller! – – – echote der Irrsinnige mit seinem grässlichen Lachen, ließ sich geduldig unter den Arm fassen und wegführen. Noch einmal wandte er sich grinsend nach den glitzernden Ordenskreuzen um; dann zog ihn der Adjutant mit sich.

Der General folgte mit den Blicken, bis die beiden das Auto bestiegen hatten. Zwischen seinen Augenbrauen stand, unheildrohend, das »Gewitterzeichen«. Er kochte vor Zorn über die unerhörte Nachlässigkeit, so einen Menschen frei herumlaufen zu lassen! Aber der Zivilist an seiner Seite fiel ihm noch rechtzeitig ein; er bezwang sich und sagte achselzuckend:

– Ja! Das sind so die traurigen Seiten des Krieges. Sehen Sie, schon darum muss der Führer heute weit rückwärts bleiben, wo nichts zu seinem Herzen spricht. Kein Feldherr brächte sonst die nötige Härte auf, wenn er alles Elend in der vordersten Reihe mitansehen müsste.

– Sehr interessant! – hauchte dankbar der Journalist; machte sich rasch eine kurze Notiz und klappte das Heft zu. Er musste befürchten, die kostbare Zeit Seiner Exzellenz bereits allzu lange in Anspruch genommen zu haben. Nur eine einzige Frage bat er sich noch erlauben zu dürfen:

– Für – – – wann glauben Euer Exzellenz, dass wir den Frieden erhoffen dürfen?

Der General zuckte zusammen, biss sich in die Unterlippe und sah beiseite, mit einem Blick, vor dem jeder Generalstäbler der ... ten Armee sich in die Erde verkrochen hätte. Mit sichtbarer Mühe setzte er noch einmal das verbindliche Lächeln auf, wies mit der Hand quer über den Platz, auf das offene Portal der alten Basilika: – Da kann ich Ihnen nur raten, dort hinüberzugehen und den Herrn im Himmel zu fragen! Er ist der einzige, der Ihnen diese Frage beantworten kann. Ein freundliches Nicken, ein kräftiger Händedruck – dann ging er, ehrfurchtsvoll gegrüßt von der Menge, mit großen Schritten zu Fuß in sein Amt hinüber.

Als er das Gebäude betrat, stand die gefürchtete Querfalte fingertief auf seiner Stirne. Eine angehaltene Ordonnanz führte ihn zitternd vor das Zimmer des Garnisonschefarztes. Dann hielt das ganze Haus einige Minuten lang den Atem an, während die Stimme des Gewaltigen durch alle Korridore donnerte. Er kommandierte den würdigen, alten Oberstabsarzt wie einen Schreiber an seinen Tisch und diktierte ihm einen Erlass in die Feder, der allen Spitalinsassen, ohne Unterschied der Charge, gleichviel ob krank oder verwundet, das Verlassen der Anstaltsmauern strengstens untersagte. – Denn – so schloss der Befehl, – wer krank ist, gehört ins Bett; und wer sich genügend kräftig fühlt, um in die Stadt zu gehen und im Kaffeehaus zu sitzen, der melde sich an die Front zurück, wohin die Pflicht ihn ruft. –

Das Auf-und-ab-Gehen mit klingenden Sporen, das Hinabdonnern auf den zusammengekauerten alten Doktor hatte seinen Zorn besänftigt. Schon galt das Unwetter für überstanden, da spielte ihm ein unglücklicher Zufall die Meldung der Brigade in die Hand, die, am stärksten vom Feinde berannt, schwere Verluste erlitten hatte und nur noch weiter auf ihrem Platze belassen wurde, um dem Gegner in verzweifeltem Ringen das Vordringen möglichst kostspielig zu machen. Hinter ihr lauerten schon die Flatterminen, hockte – seit gestern schon – eine ganze frische Division in unterirdischen Kasematten, um dem siegesfroh heranflutenden Feinde eine kleine Überraschung zu bereiten. Natürlich hatte es der Oberkommandierende dem Brigadier nicht auf die Nase gebunden, dass er auf einem verlorenen Posten stand und keine andere Aufgabe hatte, als seine Haut teuer zu verkaufen. Je länger das Ringen dauerte, desto besser! Und die Leute schlugen sich viel zäher, wenn sie bis zum letzten Augenblick auf Entsatz hofften.

Das alles hatte der Exzellenzherr eigenhändig so verfügt; war im Grunde hoch erfreut, dass die Brigade nach drei übermächtigen Infanterieangriffen immer noch standhielt. Aber nun lag da eine Meldung vor ihm, die allen soldatischen Traditionen widersprach und den schon verebbten Sturm jäh neu entfesselte.

Dieser Generalmajor – seinen Namen wollte sich

Exzellenz, auf alle Fälle, genau merken – schilderte, mit einer durchaus unmilitärischen Gesprächigkeit und Nervosität, die furchtbare Wirkung des Trommelfeuers, erklärte – statt sich auf zahlenmäßige Angaben zu beschränken – seine Brigade für dezimiert, die Widerstandskraft der Mannschaft für erschöpft und bat zum Schluss dringend um Verstärkung, da er, mit den Resten seines Bestandes, den Abschnitt gegen die bevorstehenden Nachtangriffe unmöglich halten könne. – Unmöglich halten? ... Unmöglich? ... – Wie eine Fanfare schmetterte der Exzellenzherr diesen Satz seinen regungslos dastehenden Herren immer wieder in die Ohren. – Unmöglich?! – Seit wann hatte sich denn der Oberkommandierende von seinen Abschnittskommandanten darüber belehren zu lassen, was »möglich« war? ...

Purpurrot vor Empörung nahm er die Feder in die Faust und schrieb als Antwort den einzigen Satz auf die Meldung: – Der Abschnitt wird gehalten! – und darunter seinen Namen, mit den großen steilen Strichen, die jedes Schulkind im Lande von den Postkarten mit dem Bildnis des Siegers von *** her kannte. Er selbst drückte den Umschlag dem Motorradler in die Hand, zur Beförderung an die Funkstation, da die Telefondrähte der betreffenden Brigade längst schon in Grund und Boden getrommelt waren. Dann brauste er wie eine Gewitterwolke durch alle Räume, blieb eine halbe Stunde im Kartenzimmer, hatte eine kurze Besprechung mit seinem Generalstabschef und erbat sich die Abendmeldungen

ins Schloss hinauf. Als er endlich sein dröhnendes –
Gute Nacht, meine Herren – in den großen Kuppel-
saal hineinrief, seufzte alles erleichtert auf. Die
Wache trat unters Gewehr; der Chauffeur warf den
Motor an; und die große Maschine stürzte aufknur-
rend wie ein wildes Tier auf die Straße los. Fau-
chend, mit Sirenengeheul, wandte sie sich
blitzschnell durch die engen Gassen hinaus ins
Freie, wo das Schloss mit der Perlenreihe seiner er-
leuchteten Fenster, wie ein Feenpalast, in das dunst-
durchzogene Tal hinabsah.

Fest in seinen Kragen gehüllt, saß der Exzellenzherr nachdenklich im Wagen und ließ – wie immer
um diese Zeit – alle Ereignisse des Tages noch
einmal an sich vorbeiziehen. Auch der Journalist
fiel ihm wieder ein und seine tolpatschige Frage: –
Für wann hoffen Exzellenz auf den Frieden? – »Hoffen?« ... War das zum Glauben, dass so ein Mensch,
der doch schon was Besseres sein musste in seinem
Beruf – sonst hätte er kein Empfehlungsschreiben
aus dem Hauptquartier mitgebracht –, mit einer solchen Ahnungslosigkeit jedem soldatischen Gefühle
gegenüberstand? Auf den Frieden hoffen? Was
hatte denn ein Feldherr vom Frieden Gutes zu erwarten? Konnte denn so ein Zivilist gar nicht begreifen, dass ein Kommandierender General eben
nur im Krieg wirklich kommandierte und wirklich
General war, im Frieden aber nur so was wie ein
strenger Herr Lehrer mit goldenem Kragen; ein Öl-
götze, der sich aus Langeweile zuweilen heiser
schreit. Und nach dieser öden Tretmühle sollte er

sich zurücksehnen? Sollte – den Herrn Zivilisten zuliebe – die Zeit herbei »hoffen«, die den siegreichen Führer der ... ten Armee wieder nur zu Inspizierungen verwenden würde; sollte er nicht erwarten können, wieder jenen anderen aussichtslosen Kampf leiten zu müssen, zwischen einer zu knappen Gage und einer auf Glanz polierten Lebensführung, in welchem von Monat zu Monat doch immer der Geldmangel Sieger blieb? ...

Ärgerlich lehnte sich der General in die Kissen zurück und fuhr erstaunt auf, als das Auto mit einem plötzlichen Ruck mitten auf der Landstraße hielt. Eben wollte er den Chauffeur fragen – da prasselten schon die ersten großen Tropfen auf sein Mützenschild. Es war dasselbe Gewitter, das denen an der Front eine kurze Feuerpause beschert hatte am Nachmittag.

Die beiden Unteroffiziere waren abgesprungen und spannten mit raschen Griffen das Dach über den Wagen. Der Exzellenzherr hatte sich aufgerichtet, hielt ein Ohr in den Wind und lauschte gespannt. In das Brausen mischte sich ganz deutlich, aber ganz, ganz leise, ein dumpfes Brummen, ein hohles, kaum hörbares Pochen wie das ferne Echo der Holzfäller im Wald. Das Trommelfeuer! ...

Die Augen der Exzellenz leuchteten auf. Über das eben noch verärgerte Gesicht huschte ein Schein innerer Befriedigung. Gott sei Dank!

Noch gab es Krieg.

4

DER KAMERAD

Ein Tagebuch

Auch mir hat der Weltkrieg einen Kameraden beschert. Einen bessern findst du nit.

Es sind nun genau vierzehn Monate her, dass ich in einem Wäldchen, hart an der Görzer Straße, seine Bekanntschaft gemacht. Für keinen Augenblick ist er seither von meiner Seite gewichen! Viele hundert Nächte haben wir schon zusammen durchwacht und immer noch marschiert er unentwegt neben mir her, wie's im Liede heißt: in gleichem Schritt und Tritt.

Nicht dass er etwa zudringlich wäre! Im Gegenteil. Die Distanz, die ihn, als Gemeinen, von dem Offizier trennt, den er in mir verehren muss, hält er gewissenhaft inne. Stets bleibt er mir drei Schritt vom Leibe, genau nach dem Reglement. Respektvoll in eine Ecke oder hinter eine Säule gepresst, ist es nur sein Blick, den er mir schüchtern nachzuschicken wagt.

Er will eben nur zugegen sein. Verlangt nicht mehr, als dass ich ihn in meiner Nähe dulde; – immer und überall! Wenn ich zuweilen die Augen schließe, um wieder einmal allein zu sein, für einige Minuten nur ganz allein mit mir selbst, wie früher, vor dem Kriege, dann fixiert er mich aus seiner Ecke mit einer zähen, vorwurfsvollen Beharrlichkeit so fest und durchdringend, dass sein Blick mich im Rücken brennt, sich unter meinen Augenlidern einnistet, mich so sehr mit seinem Bilde durchtränkt, dass ich mich fragend nach ihm umschaue, wenn er mich eine Weile nicht an seine Anwesenheit gemahnt.

Er hat sich in mich hineingefressen, sich häuslich in mir niedergelassen; er sitzt in mir, wie der geheimnisvolle Zauberer der Lichtspieltheater in dem schwarzen Kasten, über den Köpfen der Zuschauer an der Kurbel hockt, und wirft sein Bild, durch meine Augen, auf jede Mauer, jeden Vorhang, jede Fläche, die meine Blicke auffängt.

Aber auch wo kein Hintergrund für sein Bild sich findet, auch wenn ich aus dem Fenster krampfhaft in die Ferne starre, um ihn loszuwerden für kurze Zeit, – auch dann ist er da, schwebt vor mir her, als wäre sein Bild auf die unsichtbare Stange meiner Blicke gespießt, wie eine Kirchenfahne, schwankend vor der Prozession. Gäbe es Strahlen, die durch die Schädeldecke dringen, man fände sein Bild, leicht verschwommen, –

wie die Figuren alter Gobelins – in mein Gehirn eingewoben.

Ich entsinne mich einer Reise in Friedenszeiten, von München nach Wien, im Orient Express, an der herbstlichen Milde der bayerischen Seen vorbei, – durch die goldene Glut des welkenden Wiener-Waldes. Und über all' die Herrlichkeiten, die ich, bequem gelagert, in wollüstiger Zufriedenheit eingesogen, lief unentwegt ein hässlicher, schwarzer Punkt: eine Luftblase in der Fensterscheibe meines Abteils. So huscht auch mein hartnäckiger Kriegskamerad über Wälder und Mauern, bleibt stehen, wenn ich stehen bleibe, tanzt über das Gesicht eines Vorübergehenden, über den regenfeuchten Asphalt, über alles was mein Auge streift; schiebt sich zwischen mich und die Welt, wie jene Luftblase alles vor mir zu ihrem eigenen Hintergrunde degradierte.

Die Ärzte, freilich, wissen es anders. Sie glauben nicht, dass Er in mir wohnt und mir die Treue hält. Wissenschaftlich betrachtet läge es nur an mir, Ihn nicht länger hinter mir herzuziehen, Ihm die Kameradschaft zu kündigen, so etwa, wie ich auf jener Reise das Fenster mit der lästigen Blase zornig in die Tiefe gefeuert. Die Ärzte glauben's nicht, dass ein Mensch sich dem andern im Tode vermählen, sein Leben im andern mit zäher Unerbittlichkeit weiter leben könne. Sie meinen: Wer am Fenster steht, müsse das gegenüberliegende Haus sehen; niemals aber die Zimmerwand, die hinter seinem Rücken lauert.

Die Ärzte glauben nur an Dinge, die sind. Dass man Tote in sich tragen, vor sich hinzustellen vermag, so dass sie ein Bild verdecken, das hinter ihnen liegt, – solcher Aberglauben reicht an die Herren Ärzte nicht heran. In ihrem Leben spielt ja der Tod keine Rolle, denn ein Kranker, der stirbt, hört eben auf krank zu sein. Und was weiß der Tag von der Nacht, die ihn doch auch ewig ablöst?

Ich aber weiß, dass nicht ich den toten Kameraden gewaltsam durch mein Leben schleife. Ich weiß, dass der Tote stärker in mir lebt als ich selbst! Mag sein, dass Gestalten, die über Tapeten huschen, in Ecken kauern, vom finsteren Balkon aus ins erleuchtete Zimmer stieren und ans Fenster pochen, so laut, dass man die Scheibe klirren hört, – nur Visionen sind, und nichts weiter. Wo kommen sie her? ... Mein Hirn liefert das Bild, meine Augen besorgen die Projektion, – an der Kurbel aber sitzt der Tote! Er ist der Filmarrangeur; die Vorstellung beginnt, wenn's Ihm so passt, und hört nicht auf, so lange Er die Kurbel dreht. Wie könnte ich nicht sehen, was Er mir zeigt? Schließe ich die Augen, so fällt das Bild eben auf die Innenwand meiner Augenlider, und das Drama spielt in mir, statt weit weg über Türe und Tapete zu tanzen.

Ich sollte der Stärkere sein, heißt es? Einen Toten kann man doch nicht umbringen, das sollten die Herren Ärzte doch wissen!

Hängen nicht die Bilder Tizians und Michelangelos immer noch in den Museen, nach Jahrhunderten noch? Und die Bilder, die ein Sterbender mit der ungeheuerlichen Kraft seines letzten Ringens vor vierzehn Monaten in mein Gehirn gemeißelt, sollten verschwinden, nur weil jener, der sie schuf, in seinem Soldatengrabe liegt? ... Wer sieht denn nicht, wenn er das Wort »Wald« liest oder hört, irgendeinen Wald, den er irgendmal, irgendwo durchwandert, aus dem Kupeefenster oder auf der Bühne gesehen? Wem erscheint nicht, wenn er von seinem verstorbenen Vater spricht, das längst vermoderte Antlitz, bald streng, bald milde, bald in der steinernen Starrheit des letzten Abschieds? Was wäre unser ganzes Sein, ohne die Bilder, die – jedes auf sein Stichwort –, wie im Lichtkegel des Scheinwerfers, für Augenblicke aus der Vergessenheit steigen?

Krankheit? ... Gewiss! Die Welt ist wund und duldet kein anderes Stichwort, kein Bild, das nicht den Massengräbern gilt. Für keinen Augenblick kann der Kamerad in mir zu den Toten sich legen, weil alles, was geschieht, ein Blitzlicht ist, das ihn streift. Das erste Zeitungsblatt am Morgen: versenkte Schiffe, – abgeschlagene Angriffe. Und schon wirbelt der Film keuchende, ringende Menschen, – gekrümmte Finger, die aus Wellenbergen noch einmal nach dem Leben greifen, – von Tollwut und Schmerzen entstellte Gesichter durcheinander. Jedes Gespräch, das man erhascht, jedes Schaufenster, jeder Atemzug: ein Stichwort! Ein Stichwort auch der stille Frieden der Nacht! Oder tickt nicht jeder Sprung des Sekundenzeigers das letzte Röcheln von Tausenden? Genügt nicht das Wissen von abgeris-

senen Kinnbacken, durchschnittenen Kehlen, von
ineinander verbissenen Leichen, um die Hölle zu
hören, die jenseits der dicken Luftmauer tobt?

Wer da mit Sicherheit wüsste, dass im Nachbar-
hause eben einer gemordet wird, während er behag-
lich in den Kissen liegt, – und aufspränge mit
fliegenden Pulsen, wäre krank? Kann man denn anders als benachbart sein mit den Orten, wo Tausende in rasender Not sich ducken, die Erde
zerfetzte Glieder in den Himmel speit und der
Himmel mit eisernen Fäusten auf die Erde häm-
mert? Kann man wirklich entfernt leben von seinem
eigenen, gekreuzigten Ich, wenn die ganze Welt von
Stichworten widerhallt? ...

Nein!

Krank sind die andern. Krank sind jene, die mit
strahlenden Augen Siegesnachrichten lesen und er-
oberte Quadratkilometer leuchtend über Leichen-
berge aufsteigen sehen, jene, die zwischen sich und
ihre Menschlichkeit eine Wand aus buntem Fahnen-
tuch gespannt, um nicht zu wissen, was in dem Jenseits, das sie »Die Front« nennen, an ihresgleichen
verbrochen wird. Krank ist jeder, der noch denken,
sprechen, streiten, schlafen kann, wissend dass andere, mit den eigenen Eingeweiden in den Händen,
wie halbzertretene Würmer über Ackerschollen
kriechen, um auf halbem Wege zum Verbandplatz
wie ein Tier zu verenden, während weit, irgendwo,
ein Weib mit heißem Leibe neben einem leeren Bette
träumt. Krank sind alle, die das Stöhnen, Knirschen,
Heulen, Krachen, Bersten, – das Jammern, Fluchen

und Verrecken überhören können, weil rings um sie der Alltag murmelt oder selige Nachtruhe liegt.

Krank sind die Tauben und Blinden, nicht ich!

Krank sind die Stumpfen, deren Seele nicht Mitleid und nicht den eigenen Zorn singt; sind die vielen, die, wie ein saitenloser Geigenkasten, nur Echo sind jedem Dröhnen. Oder ist etwa der Gedächtnisschwache, der wie eine überlichtete Platte, kein Bild mehr aufnimmt, – der gesunde Mensch? ... Ist nicht gerade Erinnerung der höchste Inhalt jedes Menschendaseins? Der Reichtum, den nur Tiere nicht kennen, weil sie Geschehenes nicht in sich weitertragen, nicht neu aus sich erstehen lassen können.

Soll ich von meinem Gedächtnis geheilt werden, wie von einem Leiden? Und wäre doch ohne mein Gedächtnis nicht mehr ich selbst, weil jeder Mensch aus seinen Erinnerungen gebaut ist und nur lebt, solange er wie eine geladene Kamera durchs Leben geht. Könnte ich nicht sagen: wo ich meine Jugend verlebt, wie die Haarfarbe meines Vaters, die Augen meiner Mutter gewesen; – könnte ich nicht, um Rede zu stehen, jeden Augenblick mein Gedächtnis durchblättern und das betreffende Bild aufschlagen, wie schnell wäre die Diagnose: »senil« oder »schwachsinnig« bei der Hand! Ja, muss man denn, um als »geistig normal« zu gelten, sein Gehirn wie Schwamm und Schiefertafel handhaben, Bilder, die grässlichste Not in die Seele gebrannt, auf Kommando wegwerfen können, wie man Seiten aus einem Fotografiealbum reißt? ...

Einer ist vor meinen Augen gestorben; schwer

und hart; nach grausamen Kampfe entzweigerissen von den Titanen: Leben und Tod. Und weil ich alle Phasen seines Ringens, – wie Momentaufnahmen in meinem Gehirn aufbewahrt, – neu erleben muss, so lange alles Geschehen unerbittlich diese Serie aufschlägt, wäre ich krank? ... Ich krank? – Und die anderen, die über das Zerfetzen, Zerfleischen, Zerstampfen ihrer Brüder, – über das langsame Verzappeln von Menschen im Stacheldrahte hinwegblättern können, wie über weiße Seiten, *die* sind gesund? ...

Ja, wo soll ich denn mit dem Vergessen anfangen, meine Herrn Doktoren?

Soll ich vergessen, dass ich im Kriege gewesen? Vergessen den Augenblick, da, in der verrauchten Bahnhofshalle, käseweiß, mit zusammengekniffenen Lippen, mein Junge neben seiner Mutter stand, und ich aus dem Waggonfenster, mit schlecht gemimter Heiterkeit, von Wiedersehen schwätzte, während meine Augen gierig die Gesichtszüge von Frau und Kind durchwühlten, ich ihr Bild in meine Seele einsog, wie nach tagelangen Märschen die brennende Kehle das rasend ersehnte Wasser schlürft? Vergessen das gallenbittere Würgen, als der Bahnhofrachen langsam zuschnappte und Kind, Weib und Welt verschlang?

Soll ich die ganze Fahrt in den Tod, als Einzelreisender in einem Zuge, überfüllt mit Familienvätern, die über Sonntag in die Sommerfrische fuhren, mir aus der Erinnerung reißen, wie einen lästigen Wisch? Soll ich vergessen, wie mir's war, als es mit jeder Station stiller um mich wurde, gleichsam das Leben von mir abbröckelte; bis, gegen Mitternacht, nur mehr ein – zwei schlafende Soldaten im Abteil saßen und ein käseweißes, schmerzverzerrtes Kindergesicht um das flackernde Öllicht schwebte? Muss man wirklich krank sein, um diesen Abschied von Heim und Wärme, dieses Losfahren, mit Hass und Gefahr als Reiseziel, wie einen unheilbaren Riss in sich zu tragen? Was wäre schwerer zu fassen, wann hätten Menschen je Rasenderes getan als dieses: mit 60 Kilometer Geschwindigkeit durch die Nacht fahren, allem Lieben, aller Sicherheit entfliehen, den Zug verlassen und in einen andern steigen, weil dieser, und nur dieser, dorthin fährt, wo unsichtbare Maschinen glühende Eisenstücke schleudern, der Tod ein engmaschiges Netz aus Stahl und Blei zum Fang auswirft? Wer reißt mir das Bild der kleinen, schmutzigen Station, der fröstelnden, schlaftrunkenen Soldaten, die ohne Rausch, ohne Musik im Blute, dem Zivilistenzuge nachblickten, wie er sich mit hellen Fenstern, fröhlich pfeifend, in die Büsche schlug; wer reißt mir dieses Umsteigen in den Tod, im fahlen Zwielicht, jemals wieder aus der Seele?

Und wenn ich diese erste, endlose Nacht auch durchstreichen könnte, wie eine erledigte Angelegenheit; – bliebe mir nicht doch der Morgen, da der Zug, auf freier Strecke, mitten in einer weiten taufrischen Wiese, vor einer Weiche hielt und den Neugierigen der Bescheid ward, dass wir Lazarettzüge passieren lassen müssten? Wie soll ich sie je verscheuchen, die Erinnerung an die Wolke von Lysol und Blutgeruch, von Drachennüstern auf die fröhliche Wiese geblasen? Werde ich nicht ewig die endlosen Schlangen sehen, wie sie so träge herankrochen, als wären sie übersättigt mit zerfetztem Menschenfleisch? Aus hundert Fenstern blitzten weiße Verbände, stierten verglaste, stumpfe Augen; liegend, hockend, aufeinander gepfercht, Leib an Leib, hingen sie, wie blutige Dolden, noch auf den Trittbrettern, als überquellender Reichtum an Schmerz und Not. Und diese jämmerlichen Reste von Kraft und Jugend, diese geschundenen, zertrümmerten Menschen sahen mitleidig, jawohl: mitleidig! auf unseren Zug. Bin ich wirklich krank, weil mir diese Blicke warmen Mitgefühls, von blutenden Krüppeln auf gesunde, stramme Burschen geworfen, unauslöschlich auf der Seele brennen? Und diese Ahnung, die damals fröstelnd den ganzen Zug durchlief von einer Hölle, der man lieber in blutige Tücher gehüllt entflieht, als ihr unversehrt entgegen zu fahren, – dieser Schauder sollte zum Wissen, zum Erlebnis, zur Erinnerung geworden, einfach abzuschütteln sein, solange immer noch Tag für Tag, solche Züge sich begegnen? ... Ein hingeworfenes Wort über Truppenverschiebungen, jede Nachricht von neuen Kämpfen lässt unfehlbar, wie das Anschlagen einer Taste einen bestimmten Ton erklingen macht, diese erste, leibhaftige Begegnung mit dem Kriege aus der Versenkung auftauchen, und ich sehe: aus dem freigewordenen Geleise, auf Steinen und Schwellen, die

Blutstropfen im jungen Sommertag glitzern, als Wegweiser zur Front.

»Zur Front!«

Bin wirklich ich der Kranke, weil ich dies Wort nicht aussprechen oder niederschreiben kann, ohne dass inbrünstiger Hass mir die Zunge pelzig machte? Sind nicht die andern toll, die mit einem Gemisch von Andacht, romantischer Sehnsucht und scheuer Sympathie, wie hypnotisiert, auf diese Krüppel- und Leichenfabrik mit Maschinenbetrieb starren? Wär's nicht klüger, mal diese andern auf ihren Geisteszustand zu untersuchen? Muss ich es den Herren Ärzten, die mich so mitleidig bewachen, verraten, dass ein paar Worte, die man wie tolle Hunde auf die Menschheit losgelassen, das ganze Unheil angerichtet haben?

»Front!« – »Feind« – »Heldentod« – »Sieg« – mit hängender Zunge und rollenden Augen rasen die Köter durch die Welt. Millionen, die man vorsorglich gegen Typhus, Pocken und Cholera geimpft, hetzt ihr bis in Raserei! Millionen werden in Züge gepfercht, – hüben und drüben, – fahren singend einander entgegen – und hacken, stechen, schießen aufeinander los, sprengen sich gegenseitig in die Luft, geben ihr Fleisch und ihre Knochen her für den blutigen Brei, aus dem der Friedenskuchen gebacken werden soll für jene Glücklichen, die ihre Kalbs- und Rindshäute gegen hundert Prozent Nutzen dem Vaterlande opfern, statt die eigene Haut auf den Markt zu tragen, für dreißig Heller täglich! ... Man denke einmal: Das Wort »Krieg«

wäre noch nicht erfunden; noch nicht durch tausendjährigen Gebrauch geheiligt, wie eine ungeheure Attrappe in raschelnde Buntheit gewickelt. Wer würde es wagen, das mangelnde Wort »Kriegserklärung« durch folgende Rede zu ersetzen:

»Nach langen, fruchtlosen Verhandlungen ist unser Vertreter beim Nachbarstaate heute von dort abgereist. Er hat aus dem Fenster seines Salonwagens zum letzten Mal den Zylinder gelüftet vor den Herren, die ihm das Geleite gegeben, und wird ihnen nicht wieder freundlich lächelnd entgegentreten, ehe ihr nicht viele hunderttausend Männer des Nachbarstaates zu Leichen gemacht. Auf also! Hinein in eure Güterwagen für 6 Pferde oder 28 Mann! Fahrt ihnen entgegen, diesen anderen! Schlagt sie tot, sägt ihnen die Gurgeln ab, haust wie wilde Tiere in feuchten Erdhöhlen, verkommt, verwildert, verlaust, – bis wir den Zeitpunkt für gekommen erachten, uns wieder in den Salonwagen zu setzen, wieder die Zylinder zu lüften, um in prunkvollen Räumen, vornehm und manierlich über den Nutzen zu streiten, der unseren Fabrikherrn und Großkaufleuten aus dem Gemetzel zu erwachsen hat. Dann dürft ihr, soweit ihr noch nicht unter der Erde fault oder als Bettler von Türe zu Türe humpelt, wieder nach Hause, zu euren halbverhungerten Familien, und dürft – nein: müsst! – mit doppeltem Eifer an die Arbeit, unermüdlicher und doch anspruchsloser als vorher, damit ihr die Schuhe, die ihr in hundert Todesmärschen zerfetzt, die Kleider, die an eurem Leibe verschimmelt, mit Schweiß und Entbehrung bezahlen könnt!« ...

Ein Narr, wer mit solchen Worten um Gefolgschaft buhlte! Und keine Narren die Opfer, die draußen frieren, hungern, töten, und sich töten lassen, nur weil sie glauben gelernt: Dies ginge nicht anders, wenn der tolle Köter Krieg mal seine Ketten gesprengt und den Erdball gebissen?

Waren so die Kriege, die uns das Wort »Krieg« überliefert? Waren »Krieg« und »Beute« nicht gegenseitig bedingt? Führte den Landsknecht nicht Hoffnung auf zügelloses Leben, – Hoffnung auf Weiber und Dukaten und goldgezäumte Hengste? Ist dieses Kauern in eiserner Zucht, dieses Kopfhinhalten, dieses passive Vabanque-Spielen mit Ungeheuern, die aus blauer Ferne ihre Höllenkessel schleudern, – noch »Krieg«? Krieg war das Aufeinanderprallen der überschüssigen Kräfte, – der Raufbolde aller Nationen. Jugend, der das Städtchen zu klein, das Wams zu eng wurde, zog hinaus, vom Spiel der eigenen Muskeln berauscht. Und nun soll das gleiche Wort herhalten, wenn Männer, schon in Haus und Heim verankert, losgerissen, hinausgepeitscht, vor den Feind hingelegt werden, um in stumpfer Resignation, wehrlos, als Statisten auszuharren in diesem Duell der Munitionsindustrien? ...

Ist es erlaubt, das Wort »Krieg« als Standarte zu missbrauchen, wenn statt Mut und Kraft – Streukegel und Tragweite kämpfen, und der Fleiß von Weibern und Kindern im Granatendrehen? Wer

wagt es: die Tyrannen finsterer Zeiten, die ohnmächtige Menschen vor Löwen und Tiger warfen, heute
noch ohne Ehrfurcht zu nennen, wenn er sie an
jenen misst, die diesen Kampf zwischen Mensch und
Maschine wie ein Marionettenspiel am Telegraphen-
draht dirigieren, von der schönen Hoffnung beseelt,
dass unser Vorrat an Menschenfleisch den Stahl und
Eisenbestand der Gegner überdauern werde? –

Nein! Alle Worte, die geprägt waren, ehe dieses
Schlachten begann, sind zu schön und zu ehrlich;
wie das Wort »Front«, das ich hassen gelernt! Bietet
man Geschützen, die hinter Bergen verkrochen, den
Tod tagereisenweit über Land schicken oder Sap-
pen, die zehn Meter unter der Erde unsichtbar her-
ankriechen, die »Stirne«? Eine Kopfstation ist eure
»Front«; ein zerschossenes Häuschen, hinter welchem die Schienen aufgerissen sind, weil die Züge
da kehrt machen, ihre Ladung an frischen braunge-
brannten Männern löschen, um sie nachher, wenn
sie aus der Maschine kommen, mit blutigen Gliedern und grünspanüberzogenem Gesicht wieder
aufzunehmen.

Als ich, gegen Abend, aufstieg an dieser Kopfstation, saß auf der Erde, gegen das Eisengitter der
Perronsperre gelehnt, ein bärtiger Soldat, den
rechten Arm in der Binde. Und als er mich blitz-
blank vorbeigehen sah, da streichelte er mit der
linken Hand zärtlich seine zertrümmerte Rechte,
warf mir einen hässlichen, gehässigen Blick ins Gesicht und rief mit gefletschten Zähnen:

»Ja, ja Herr Leutnant! Hier gibt's an Menschensalat!« ...

Sollt' ich's vergessen, dieses hämische Grinsen, das den schmerzumzuckten Mund in die Breite zog? Bin ich krank, weil ich das Wort »Front« nicht mehr hören kann, ohne dass mir ein unvermeidliches Echo »Menschensalat« in die Ohren krächzte? Oder sind doch die andern krank, wenn sie, statt »Menschensalat« zu hören, gierig das feige Gewäsch jener zeitgenössischen Kriegsbarden verschlingen, die wie Weinreisende für die Marke »Weltkrieg« emsig in Reklame machen, weil sie dafür, wie kommandierende Generäle, in Autos herumgondeln dürfen, statt, von einem Gefreiten beherrscht, in lehmigen Gräben dem Tode gegenüber zu liegen.

Gibt es wirklich Menschen aus Fleisch und Blut, die noch eine Zeitung in die Hand nehmen können, ohne dass ihnen der Schaum vor dem Mund stände? Kann man wirklich das Bild von angeschossenen Zweifüßlern, die unter strömendem Regen, auf einer schlammigen Wiese, langsam, stumpfsinnig verbluten, im Gehirn tragen, und doch ruhig die Schurkereien über lückenlosen Samariterdienst, federnde Krankenwagen und nobeltapezierte Schützengräben lesen, mit welchen diese Kerle sich militärfrei dichten?

Menschen kehren heim mit stillen, staunenden Augen, in denen der Tod sich noch spiegelt; gehen scheu wie Traumwandler durch funkelnde Straßen. In ihren Ohren hallt noch das tierische Wutgeheul, das sie selbst in den Orkan des Trommelfeuers hineingebrüllt, um nicht bersten zu müssen vor innerer Not. Mit Grauen bepackt, wie ein Maultier, kommen sie an, den erstaunten Blick erstochener, erschlagener Feinde im Gewissen, – und wagen den Mund nicht zu öffnen, da alles ringsum, da Weib und Kind selbst, mit geschwätziger Neugier von Granaten, Gasbomben und Bajonettangriffen drehorgelt. So perlen die Urlaubstage an ihnen ab, und die Rückfahrt in den Tod ist Erlösung von der Scham: ein verkappter Feigling gewesen zu sein unter den Daheimgebliebenen, für die Sterben und Töten Gemeinplätze ohne Schauer geworden.

So mag's denn so sein, meine Herren Doktoren! Es ist ehrenvoll, der Tobsucht bezichtigt zu werden diesen Halunken gegenüber, die, um den Kopf aus der Schlinge zu ziehen, die Menschheit so herrlich abgehärtet, das Mitleiden abgeschafft und den Stolz auf fremdes Leid eingebürgert haben, statt, – als einzige Mittler zwischen Not und Macht, – das Gewissen der Welt zu wecken; statt mit einem Sprachrohr bewaffnet auf den belebtesten Plätzen so lange »Men-schen-sa-lat!« zu brüllen, bis allen, deren Väter, Männer, Brüder, Söhne zur Leichenfabrik gezogen, die Haare zu Berge stehen und alle Kehlen der Welt ein Echo werden.

Jetzt, – wenn Sie gerade in der Nähe wären, meine Herren Ärzte, – könnte ich Ihnen meinen Kameraden zeigen, zu leibhaftem Sein ins Zimmer gerufen von den Stichflammen des Hasses gegen Frontberichte und Hinterlandsgleichmut. Ich fühle ihn hinter meinem Rücken stehen; sein Gesicht aber liegt vor mir auf dem weißen Bogen, wie ein matter Wasserdruck, und meine Feder fliegt mit krampfhafter Eile, um wenigstens die Augen, die mich vorwurfsvoll anstarren, mit Buchstaben zu bedecken.

Groß, – auseinanderlebend, – grauenhaft verzerrt hebt sich sein Antlitz, langsam anschwellend, aus dem Papier, wie das Bild des Erlösers aus dem Schweißtuche der Veronika.

Genau so sahen ihn, an jenem Hochsommermorgen, auch die drei Zeitungsschreiber am Waldrande liegen, und – wandten sich unwillig ab, mit einem fast militärisch exaktem »kurz kehrt euch«. Mir galt ja ihr Besuch! Ich sollte ihnen Wagen und Pferde leihen, da das Auto, das sie mit Blitzesschnelle durch die Gefahrzone flitzen sollte, mit gebrochener Achse auf der Görzer Straße lag.

Liebenswürdige Herren waren's, in märchenhaft geschwungenen Breaches-Hosen, mit Reisemützen, wie aus einem Sherlock-Holmes-Film entwendet! Sie wollten Briefe mitnehmen und Grüße ausrichten, fanden es entzückend bei mir, lachten aus voller Kehle über meine Matratze aus Weidenruten, – und wurden besonders dankbar, als der Wagen bereit stand, ehe das tägliche Bombardement der Italiener einsetzte.

Als sie aus dem Walde fuhren, mussten sie doch wieder an dem Manne vorbei, der mit seinem grausam entstellten Gesicht unbeweglich auf der Wiese kauerte. Aber sie sahen ihn wieder nicht! Wie auf Kommando warfen sie die Köpfe herum, beäugten die Zerstörungen, die ein Fliegerangriff tags vorher angerichtet, angeregt gestikulierend, als säßen sie bereits hinter den Spiegelscheiben eines Kaffeehauses.

Mein Atem ging kurz, als wäre ich ein ganzes Ende steil bergauf gerannt. Der Platz auf dem ich stand, kam mir plötzlich fremd und verändert vor. War das noch der gleiche Wald, in den oft krachend die Granaten schlugen, den die großen Caproni-Apparate mit weit gespannten Flügeln wie Geier umkreisten, mit Bomben und Pfeilen durchsiebten, während das Abwehrfeuer der Maschinengewehre die Blätter wie Hagel peitschte? Aus diesem Walde fuhren drei Menschen gesund, unversehrt, mit fröhlichem Mützenschwenken? ... Wo war denn die Wand, die uns andere kauernd auszuhalten zwang unter den knickenden Ästen? ... Gab es da nicht ein Tor, das sich nur vor fahlen, eingefallenen Wangen, fieberglänzenden Augen oder blutigen Gliedern auftat? ...

Glatt rollte der Wagen über die braungestampfte Wiese, und nur das leuchtende Rot Baedeckers fehlte, um das Bild einer Vergnügungsreise vollkommen zu machen.

Die fuhren heim!

Zu Frau und Kind vielleicht? ...

Ein schmerzvolles Ziehen und Zerren, als wäre der Blick an die Räder gebunden; – – dann schnellte der Körper, – wie losgerissen, – ins Leere zurück, und ... und in diesem Augenblicke, da die Seele, gleichsam aufgepflügt von dem davonfahrenden

Wagen, klaffend und wehrlos war vor Sehnsucht, sprang jäh das Erlebnis mich an! Mit einem furchtbaren Satz, – mit einem einzigen Biss, – fürs ganze restliche Leben, unheilbar! Ahnungslos ging ich zu dem Verwundeten hin, dem die Drei so abweisend den Rücken gekehrt hatten, als gehörte er nicht auch zu dem interessanten Museum für Granattrichter, das sie neugierig durcheilten. Er kauerte neben dem schmutzigen, zerfetzten Fähnchen mit dem Roten Kreuz, den Kopf zwischen die hochgezogenen Knie gepresst, und hörte mich nicht. Hinter ihm lag der kreisrunde, kaffeebraune Fleck, der sich, wie eine Manege, aus der immer noch ein wenig grünschimmernden Wiese hob. Die Verwundeten, die tagtäglich bei Morgengrauen sich an dieser Stelle sammelten, um mit den Wagen, die uns Munition brachten und für den Rückweg Verwundete luden, ins Feldspital gefahren zu werden, – hatten den Flecken aus der Wiese gewetzt, wie eine Lieblingsecke auf dem Familiensofa.

Wie viele hatte ich schon so kauern gesehen, zehn – zwölf Stunden lang oft, wenn die Wagen zu früh abgefahren oder überfüllt oder – nach heftigen Gefechten –, rückwärts, vor dem Munitionsdepot, Queue gestanden waren. Fröhliche Burschen mit zerschmetterten Armen oder Beinen, das Kriegswort »Tausendguldenschuss« auf den fahlen und doch lachenden Lippen, – neidvoll begafft von Leichtverletzten und den flackernden Augen der Typhuskranken, die alle gerne tausend Gulden und ein Glied dazugeopfert hätten, für die gleiche Gewissheit: nicht mehr wiederkehren zu müssen. Wie viele hatte ich sich wälzen, in die Erde beißen sehen vor Schmerz; – wie viele bei strömendem Regen – halb schon begraben im aufgeweichten Lehm – stöhnen und wimmern, mit aufgerissenem Leibe die Bora überbrüllen hören! ... Doch dieser schien nur leicht am rechten Bein getroffen zu sein. Durch den flüchtigen Verband war das Blut an einer Stelle durchgesickert, und so bot ich ihm, außer Kognak und Zigaretten, auch mein Verbandpäckchen an. Aber er rührte sich nicht. Erst als ich ihm die Hand auf die Schulter legte, hob er den Kopf, – und das Gesicht, das er mir zeigte, warf mich zurück, wie ein Faustschlag vor die Brust.

Mund und Nase waren auseinandergegangen; wie überwuchernd krochen sie die rechte Wange hinauf, – die keine Wange mehr war. Ein Stück blaurotes Fleisch blähte sich da, überzogen von einer bis zum Platzen gespannten, von Straffheit hell glänzenden Haut! Eine exotische Frucht eher, als ein Menschenantlitz, war die ganze rechte Seite; während von links, aus fahler, zuckender Traurigkeit, ein banges, wehmütiges Auge zu mir emporblickte. Wie ein Lasso schlang der jähe Schrecken sich mir um die Kehle!

Was war das? ... Solches Grauen hatte auch diese Wiese, dieser Warteraum zum Jenseits noch nicht gesehen. Selbst die schaurige Erinnerung an einen anderen, der wenige Tage vorher, genau an der gleichen Stelle, in den wie schöpfend zusammengefügten Händen behutsam die eigenen Gedärme gehalten hatte, – versank beim Anblick dieses Januskopfes, der links ganz Frieden, ganz milde Menschlichkeit; – rechts ganz Krieg, ganz verzerrtes, geblähtes Hassgebilde schien.

– Schrapnell? – ... stammelte ich schüchtern die einleitende Frage.

Die Antwort klang verworren. Nur dass sein rechtes Schienbein ein Dumdumgeschoss zertrümmert hatte, konnte ich verstehen. Was aber murmelte er, so oft seine Hand bebend zur glühenden Backe griff, immer wieder von einer Angel? ...

Ich konnte ihn nicht verstehen, denn das Erlebte kochte noch so heftig in seinen Adern, dass er wie von gegenwärtigem Geschehen, wie zu einem Augenzeugen zu mir sprach. Sein Bauernsinn fasste es nicht, dass es Menschen geben könne, die von der ungeheuerlichen Not seiner letzten Stunden nichts gesehen und nichts gehört. So stieg, mehr erraten als erzählt, aus kurzen Sätzen, derben Flüchen und gurgelndem Stöhnen, allmählich sein Schicksal.

Eine Nacht lang war er, nach abgeschlagenem Angriff auf den feindlichen Graben, mit seinem zerschmetterten Bein ohnmächtig vor dem eigenen Drahtverhau gelegen. Bei Morgengrauen dann warfen sie die Angel nach ihm. Die Angel, aus Eisenhaken und Seil konstruiert, um die Leichen von Freund und Feind in den Graben zu ziehen und verscharren zu können, ehe die Görzer Sonne ihre Arbeit begann. Mit diesem Haken, in hundert Leichen getaucht, hatte ihm ein Tölpel – Gott verdamm ihn! – die Wange aufgerissen, ehe einer geübteren

Hand der Fischzug gelang. Und nun wollte er – gehorsamst bittend – bald ins Spital gebracht werden, denn es war ihm bange um – sein Bein und vor einem Bettlerdasein als Krüppel.

Ich lief davon, wie gejagt, in weiten Sätzen, über Steine und Wurzeln hüpfend, quer durch den Wald, zur nächsten Kolonne. Umsonst! Im ganzen Walde war kein einziges Fuhrwerk aufzutreiben. Und ich hatte meinen letzten Wagen den drei Kerlen gegeben! ...

Warum hatte ich sie nicht aufgefordert, den einzigen Verwundeten, der auf der Wiese lag, mitzunehmen und im Vorbeifahren abzuliefern beim Feldspital? Warum hatten die drei nicht von selbst daran gedacht, ihre Menschenpflicht zu tun?

Warum?! ...

Meine Fäuste ballten sich in ohnmächtiger Wut und ich ertappte mich bei einem Griff nach der Revolvertasche, als könnte ich jene Fröhlichen noch von ihrem Wagen schießen!

Atemlos, durchglüht vom langen Lauf, torkelte ich mit zitternden Knien den Weg zurück; geknickt, als schleppte ich auf den Schultern das zentnerschwere Bild von Menschen, die sportsmäßig auf Menschenaas angeln. Ein merkwürdiges, seit Jahrzehnten vergessenes Würgen und Kratzen stieg mir in die Kehle, als ich, – zu meinem Lagerplatz zurückgekehrt, – dem leisen Wimmern des Hilflosen lauschen musste.

Er war nun nicht mehr allein. Ein Häuflein von Leichtverwundeten hatte sich, – während meiner

Abwesenheit, – zu ihm gesellt. Ich sah sie, – zwischen den Baumstämmen hindurchspähend, – im Kreise auf der Wiese hocken, während der Geangelte, von rasenden Schmerzen gepeinigt, das kranke Bein in der Hand, umherhüpfte, den Kopf von einer Schulter auf die andere werfend.

Gegen Mittag schickte ich meine Unteroffiziere auf die Suche, versprach ihnen fürstliche Belohnung für einen Wagen und lief, mit der Kognakflasche unter dem Arm, wieder auf die Wiese hinaus.

Jetzt tanzte er nicht mehr. Mitten im Kreise der andern lag er auf den Knien, den Leib vornübergebeugt, und rollte den Kopf, wie einen fremden Gegenstand, hin und her auf der Erde.

Als er plötzlich wieder hochschnellte, mit einem Wutgeheul, ging selbst durch die Reihe der Verwundeten, die, versunken ins eigne Leid, gleichgültig dagesessen waren, ein erschrockenes Murmeln.

Das war nichts Menschliches mehr! ... Die Haut, unfähig sich weiter zu dehnen, war geplatzt. Wie die Strahlen auf einem Kompass liefen die breiten Spalten auseinander, und in der Mitte quoll glühend das rohe Fleisch hervor.

Und er schrie! ... Er hämmerte mit der Faust auf den riesigen, rötlich-blauen Klumpen los, bis er unter den Schlägen der eigenen Hand wehklagend wieder in die Knie fiel.

Es war schon finster als man ihn – endlich! auf einen Wagen lud. Und als langsam der Nachtnebel sein Gewebe durch den Wald zog und ich, in einen

Berg von Decken gewickelt, als einziger noch wach lag im Gedränge der schwarzen Stämme, die zusammenrückten in der Finsternis; – da war er wieder zurück, stand, starr aufgerichtet im Mondlicht, und seine zermarterte, kürbisgroße Wange hob sich blauleuchtend aus dem schwarzen Schatten der Bäume. Wie ein Irrlicht flammte sie bald da, bald dort; – Nacht für Nacht; – leuchtete in jeden Traum hinein, dass ich die Augenlider mit den Fingern auseinanderspreizte, – bis mein Körper, nach zehn grauenvollen Nächten, zusammenbrach, und als ein heulender, zuckender Haufen eingeliefert wurde in das gleiche Feldspital, in welchem Er seinem verpesteten Blute erlegen war.

Und nun bin ich toll! Schwarz auf weiß steht es auf der Kopftafel meines Bettes zu lesen. Man klopft mich besänftigend ab, wie ein scheues Pferd, wenn ich aufbegehre und hinausverlange aus diesem Hause, das die *anderen* einfangen sollte.

Aber die anderen sind frei! Aus meinem Fenster sehe ich über die Gartenmauer auf die Straße hinab und sehe sie eilen, die Hüte lüften, sich die Hände schütteln, sich zusammenrotten vor dem Tagesbericht. Ich sehe Frauen und Mädchen, kokett geputzt, stolz leuchtend neben Männern trippeln, die ein Kreuz auf der Brust als Mörder zeichnet. Ich sehe Witwen, in wallenden Schleiern, immer noch geduldig; sehe junge Burschen, mit Blumen auf dem Helm, aufbruchbereit. Keiner muckt auf! Keiner sieht in finsteren Ecken zerschundene, zerfetzte, geangelte Menschen lauern, mit aufgerissenem Leib oder blauleuchtender Wange.

Sie laufen unter meinem Fenster vorbei, gestikulierend, begeistert; – weil die Worte der Begeisterung täglich frisch geprägt aus der Münze kommen und jeder einzelne sich geborgen und von Zustimmung umrauscht fühlt, wenn sie ihm hell von den Lippen klingen. Ich weiß, dass sie schweigen, auch wenn sie sprechen, schreien, aufheulen möchten, dass sie auf »Drückeberger« pirschen und kein Schimpfwort haben für jene tausendmal ärgeren Feiglinge, die von keinem Schlagworte berauscht, die ganze Sinnlosigkeit dieses Hinmordens von Millionen klar erkannt im Bewusstsein tragen und dennoch den Mund nicht auftun, aus Angst vor einem Verweis der Gedankenlosen.

Ich sehe, von meinem Fenster aus, den ganzen Erdball wie einen tollgewordenen Kreisel tanzen, von stolzen Herren in schlauer Berechnung, von feilen Dienern in schleichender Ergebenheit gepeitscht.

Ich sehe die ganze Meute! Die Schreier, die zu hohl und zu träge, um das eigene Ich zu formen, sich blähen wollen im gleißenden Lob, das ihrer Herde gilt. Die Schurken, die von der Menge geschirmt, getragen, genährt, scheinheilig zu einem selbsterdachten Popanz emporblicken und ihn Millionen Braven ins Gewissen hämmern, bis die Masse geschmiedet ist, die nicht Herz noch Hirn, nur Wut und blinden Glauben noch hat. Ich sehe das ganze Spiel, das in Blut und Schmerzen weiter rast, sehe die Zuschauer gleichgültig vorbeiwandern und heiße ein Narr, wenn ich das Fenster aufreiße, um hinunterzuschreien, dass die Kinder, die sie getragen und gehegt, – die Männer die sie geliebt haben, mit angstvoll rückwärts gewandten Augen wie Vieh geschlachtet, wie Wild gejagt werden!

Diese Narren da unten, die für respektsvolle Kondolenzbesuche, anerkennenden Augenaufschlag Glanz und Wärme ihres Lebens opfern, – ihr Fleisch und Blut in den Stacheldraht werfen, – als Aas auf dem Felde faulen und angeln lassen, ohne anderen Trost als den: dem »Feinde« das Gleiche angetan zu haben; – diese Narren bleiben frei und dürfen mit ihrer armseligen Eitelkeit und lästerlichen Geduld täglich neue Hekatomben vor die Kanonen hinausschieben! Ich aber muss ohnmächtig hier sitzen, – allein mit dem unerbittlichen Kameraden, den mir mein Gewissen täglich neu gebärt.

Ich stehe am Fenster – und zwischen mir und der Straße liegen hochgeschichtet die Leiber der Vielen, die ich bluten gesehen. Machtlos stehe ich da, – denn der Revolver, den man mir gegeben, damit ich heimwehgeplagte arme Teufel, die eisernes Muss in andersfarbige Uniformen gesteckt, über den Haufen knalle, – wurde mir hier abgenommen, aus Angst: ich könnte einige Massenmörder aufstöbern in ihrer Sicherheit und als warnendes Exempel zu ihren Opfern schicken.

So muss ich hier harren, als Seher über den Blinden, – hinter meinen Gitterstäben; und kann nichts

weiter tun, als diese Blätter dem Winde übergeben,
– Tag für Tag von Neuem niederschreiben und
immer wieder hinausstreuen auf die Straße.

Unermüdlich will ich schreiben. Die ganze Welt
übersäen! Bis in allen Herzen der Samen aufgeht,
bis in allen Schlafstuben – gespenstisch blau – ein
lieber Toter seine Wunden zeigt; und endlich, – endlich, als herrliches Erlösungslied der Welt, der mil-
lionenstimmige Wutschrei: »Men-schen-sa-lat!«
unter meinem Fenster erklingt.

5

HELDENTOD

Der Herr Stabsarzt hatte nicht verstanden. Er schüttelte ärgerlich den Kopf und sah, über den Kneiferrand, fragend auf seinen Assistenten hinab.

Der blonde Oberarzt schwieg schüchtern und stramm, denn er hatte auch nicht verstanden.

Nur der Bursche, am Fußende des Bettes, schien immer noch einigen Kontakt zu haben mit den Wahnvorstellungen seines Herrn, denn auf den Spitzen seines aufgewichsten Schnurrbartes glitzerten, wie aufgespießt, zwei Tränentropfen. Aber der Bursche sprach nur ungarisch und so ließ ihn der Herr Stabsarzt mit einem halblauten »dummes Luder«, neben dem Bett stehen und schob sich, gefolgt von der semmelblonden Schüchternheit, schwitzend und pustend in der Richtung des Operationszimmers weiter.

Die ungeheuerliche Wattekugel, die, laut der

Tafel über dem Bette, den Kopf des Oberleutnants der Reserve Otto Kadar vom Feldartillerieregiment No … in ihrem Innern barg, sank, als die Ärzte gegangen waren, auf die Kissen zurück. Miska setzte sich wieder auf seinen Rucksack, schnupfte die Tränen hoch und dachte, den Kopf zwischen die großen, ungewaschenen Hände gepresst, verzweifelt über seine Zukunft nach. Denn, dass es mit dem Herrn Oberleutnant nicht mehr lange dauern könne, darüber war er sich im Klaren. Er wusste ja, was unter der riesigen Wattekugel verborgen lag; hatte die zertrümmerte Schädeldecke gesehen und das fürchterliche graue Gekröse unter den blutigen Splittern: das Gehirn des armen Herrn Oberleutnant, der so ein gar guter Mensch und Vorgesetzter gewesen. Ein zweites Mal durfte er auf so ein Mordsglück nicht hoffen. Ein zweites Mal gab es solch einen seelenguten Herrn überhaupt nicht mehr! Die vielen, vielen Scheiben Salami, die ihm der Herr Oberleutnant von seinem eigenen Vorrat immer geschenkt, die sanften, warmen Worte, die er ihn hatte jedem Verwundeten zuflüstern hören, alle Erinnerungen der langen, blutigen Zeit, die er, fast als Kamerad, an der Seite seines Herrn stumpfsinnig durchgelitten hatte, stiegen jetzt in ihm auf. Er tat sich ganz furchtbar leid, der gute Miska, in seiner grenzenlosen Wehrlosigkeit gegenüber der großen Kriegsmaschine, in die er nun irgendwo von Neuem hineingeworfen werden sollte, ohne der sicheren Stütze des guten Herrn Oberleutnant an seiner Seite.

So kauerte er, den breiten Bauernschädel zwischen den Fäusten, wie ein Hund, zu Füßen seines sterbenden Herrn, und auf den Spitzen seines, mit Staub und Pomade festgekleisterten Schnurrbarts, spießten sich in sanfter Folge die herabrollenden Tränen auf.

Ganz klar war es ja Miska auch nicht, warum der arme Herr Oberleutnant immer wieder so furchtbar nach seinem Grammophon schrie. Er wusste nur, dass die Herren im Unterstand gesessen und sich vom Grammophon den Rakoczymarsch hatten vorspielen lassen, als plötzlich die verdammte Granate heranpfiff und dann alles in Rauch und Erde verschwand. Ihm selbst war ja auch Hören und Sehen vergangen, denn ein losgerissenes Brett hatte ihn, wie vom Himmel kommend, über den Rücken geschlagen, dass er hinfiel und eine Ewigkeit nicht Atem holen konnte.

Dann ... dann, erinnerte sich Miska nur mehr, ganz unklar, an einen unerhörten Haufen von zerhackten Brettern, eingestürzten Balken, an einen Brei aus Sackfetzen, Beton, Erde, menschlichen Gliedern und viel Blut! ... und ... an den Herrn Kadetten Meltzar, der immer noch aufrecht dasaß, den Rücken gegen die Reste der Seitenwand gelehnt, mit der Grammophonplatte, die eben noch den Rakoczymarsch gespielt hatte und die, wie durch ein Wunder, ganz geblieben war, an der Stelle, wo eigentlich sein Kopf hingehörte. Aber der Kopf war nicht da. Der Kopf war weg, ganz weg, nur die schwarze Grammophonplatte stand, auch an die

Wand gelehnt, direkt auf dem blutigen Kragen. Das war schauderhaft gewesen! Kein Soldat hatte Hand anlegen wollen an den sitzenden Körper, mit der Platte, die genau wie ein Kopf auf dem Halse oben saß. Brr! ... Miska fühlte, wies ihm kalt über den Rücken lief bei der Erinnerung, und das Herz blieb ihm stehen vor Schrecken, als just in diesem Augenblick der Herr Oberleutnant wieder zu schreien anfing:

– Grammophon! nur Grammophon. Miska sprang auf, sah die große Wattekugel sich mühselig von den Kissen lösen, sah das einzige Auge, das seinem Herrn geblieben war, gierig auf ein unsichtbares Etwas geheftet und stand beschämt da wie ein Schuldiger, als ihm aus allen benachbarten Betten unwillige Blicke zuflogen.

– Das ist ja nicht zum Aushalten! – schrie ein schwerverwundeter Major vom anderen Ende des langen Korridors, – tragen Sie den Menschen doch weg! –

Aber der Major sprach deutsch, und so stand Miska erst recht ratlos da, wischte sich den Angstschweiß von der Stirne und meldete, – da ihn sein Herr ja doch nicht hören konnte, – einem nebenan liegenden Leutnant, dass das Grammophon kaputt gegangen sei, in tausend Stücke kaputt, sonst hätte er, Miska, es gewiss nicht liegen lassen, sondern mitgebracht, wie alles, was von den Sachen des Herrn Oberleutnant noch irgend aufzufinden gewesen.

Niemand gab ihm Antwort. Den ganzen langen

Korridor entlang hatten die Herren Offiziere, wie auf Kommando, die Köpfe unter die Kissen gesteckt, die Decken über die Ohren gezogen; der alte Major wickelte sich sogar seinen blutigen Mantel wie einen Turban um, bloß um das fürchterliche, glucksende Lachen, das bald in Heulen, bald in wütende Schreie nach dem Grammophon überging, nicht zu hören.

– Herr Oberleutnant! ... Bitt' gehorsamst Herr Oberleutnant – ... bettelte Miska und strich mit seinen großen, harten Pratzen ganz – ganz leise über die zuckenden Knie seines Herrn.

Aber Herr Oberleutnant Kadar hörte ihn nicht. Fühlte auch die schwere Hand nicht, die auf seinen Knien lag. Denn ihm gegenüber saß immer noch der Kadett Meltzar, auf dem Halse einen flachen, schwarzen, runden Kopf, in welchen der Rakoczymarsch spiralförmig eingezeichnet war. Nun wurde es dem Oberleutnant auf einmal sonnenklar, dass er dem armen Meltzar bitter Unrecht getan hatte, sechs Monate lang! Was konnte denn der arme Teufel für seine Dummheit, für die abgeschmackten patriotischen Floskeln? Wie hätte er mit einer Grammophonplatte als Kopf vernünftig denken können? ... Der arme Meltzar! ... Oberleutnant Kadar konnte einfach nicht begreifen, es schien ihm unfassbar, dass er nicht vor sechs Monaten schon, gleich als Kadett Meltzar seine Einrückung zur Batterie meldete, dahinter gekommen war, was man dem guten Jungen im Hinterlande angetan hatte ...

Man hatte ihm den Kopf vertauscht! Den hübschen, blonden, achtzehnjährigen Kopf abgeschraubt und mit einer zerkritzelten schwarzen Scheibe ersetzt, die nichts konnte als den Rakoczymarsch krächzen, – das war ja jetzt erwiesen. Wie musste der arme Junge gelitten haben, als ihm sein zwanzig Jahre älterer Oberleutnant immer wieder lange Vorträge hielt über Menschlichkeit! Mit der flachen, runden Scheibe, die man ihm aufgesetzt, konnte er es natürlich nicht begreifen, dass die italienischen Soldaten, die zerfetzt und blutig an der Batterie vorbei geführt wurden, auch viel lieber zuhause geblieben wären, wenn nicht ein Plakat an einer Straßenecke sie genau so gezwungen hätte alles stehen und liegen zu lassen, wie die Mobilmachung in Ungarn die ungarischen Kanoniere.

Jetzt erst begriff Oberleutnant Kadar den unbändigen Trotz seines Kadetten. Nun verstand er erst, warum der Junge, der ja sein Sohn hätte sein können, die schönsten, klügsten Reden und Erklärungen stumm hatte über sich ergehen lassen, um zum Schluss mit zusammengebissenen Zähnen den Rakoczymarsch zu pfeifen und immer wieder knirschend den stereotypen Satz zu murmeln: »Totschlagen soll man die Hunde!« Also nicht weil er so jung und dumm gewesen! Nicht weil er, vom Hofe der Kadettenschule, schnurstracks ins Feld gekommen war. Die Grammophonplatte hatte die Schuld. Die Grammophonplatte!

Oberleutnant Kadar fühlte die Adern wie Stricke anschwellen, das Blut wie Hammerschläge gegen die Schläfen pochen, so unbändig war seine Wut gegen die Missetäter, die dem armen Meltzar den lieben Jungenkopf, den er früher auf dem Halse getragen, heimtückischer Weise abgeschraubt hatten.

Und ... das war das grässlichste an der Sache: Er sah, wenn er jetzt an seine Untergebenen und Offizierskameraden zurückdachte, alle genau wie den armen Meltzar ohne Kopf umherlaufen! Er presste die Augen zusammen, wollte sich die Gesichtszüge seiner Kanoniere wieder ins Gedächtnis rufen, ... umsonst! Kein einziges Gesicht tauchte in seiner Erinnerung auf. Monate und Monate hatte er im Kreise derselben Menschen verbracht, – und kam jetzt erst dahinter, dass keiner von allen einen Kopf auf dem Halse getragen! Sonst hätte er sich doch entsinnen müssen, ob sein Feuerwerker einen Schnurrbart gehabt hatte; ob der Geschützführer vom ersten Geschütz blond oder brünett gewesen war. Aber nein! ... Nichts war ihm geblieben. Nur Grammophonplatten sah er, schwarze, scheußliche, kreisrunde Scheiben auf blutigen Blusen aufsitzend ...

Die ganze Isonzogegend lag plötzlich wie eine riesige topographische Karte tief unter ihm, so wie er sie oft in illustrierten Zeitungen gesehen. Das silberne Band des Flusses schlängelte sich durch Kuppen und Hügel und Oberleutnant Kadar flog über das Gewimmel hinweg, ohne Motor und ohne Flugzeug, nur von seinen ausgebreiteten Armen getragen. Und überall, wohin seine Blicke fielen, auf jedem Hügel, jedem Berg, in jeder Mulde, sah er die Schalltrichter von unzähligen Sprechapparaten in

die Erde eingelassen. Tausende und Abertausende
von jenen bekannten Füllhörnern aus himmel-
blauem Blech, mit Goldkanten verziert, stierten mit
geöffnetem Maul zu ihm empor. Und um jeden solchen eingegrabenen Schalltrichter wimmelte ein
Ameisenhaufen von emsigen Kanonieren mit Patronen und Granaten.

Und nun sah es Oberleutnant Kadar ganz genau: Alle trugen Grammophonplatten auf dem
Halse, wie der Kadett Meltzar. Nicht einer hatte
seinen eigenen Kopf auf! Wenn aber die Granaten
heulend hinausflogen aus den himmelblauen Trich-
tern, mitten hinein in einen Ameisenschwarm,
dann brachen die flachen, schwarzen Scheiben
unter der Wucht der Sprengstücke krachend auseinander und verwandelten sich im selben Augenblick auch schon wieder in richtige
Menschenköpfe. Oberleutnant Kadar sah, auf der
Höhe, das Gehirn aus den zertrümmerten Platten
quellen, sah die gleichmäßig gerippten Flächen sich
blitzschnell in fahle, leidende Menschenantlitze
verwandeln.

Alle Geheimnisse des Krieges, alles, worüber
der sterbende Oberleutnant monatelang Nächte
durchgrübelt hatte, schien jetzt mit einem Schlage
entschleiert. So war es also zu verstehen! Diese
Leute bekamen offenbar ihre Köpfe erst zurück,
wenn es schon ans Sterben ging. Weit – weit rückwärts, irgendwo, wurden sie ihnen abgeschraubt,
mit Platten ersetzt, die nichts konnten, als den Rakoczymarsch spielen. So präpariert wurden sie in

die Züge gepfercht, kamen so erst an die Front, wie
der arme Meltzar, wie er selbst, wie alle ...

Von wütendem Zorn gepackt, schnellte die Wattekugel wieder in die Höhe. Oberleutnant Kadar
wollte aufspringen, den Leuten das Geheimnis verraten, sie aneifern, ihre Köpfe zurückzufordern.
Jedem Einzelnen wollte er's ins Ohr flüstern, an der
ganzen weiten Front: von Plava bis hinunter zum
Meere. Jedem einzelnen Kanonier und jedem einzelnen Infanteristen, und auch den Italienern drüben! Auch denen wollte er es sagen. Auch denen
hatte man ja Platten auf die Hälse geschraubt. Auch
die sollten zurück, zurück nach Verona, nach Venedig, nach Neapel, wo ihre Köpfe aufgeschichtet
lagen in Magazinen, zur Aufbewahrung bis nach
dem Kriege. Von Mann zu Mann wollte Oberleutnant Kadar laufen, um jedem Einzelnen, Freund wie
Feind, wieder zu seinem Kopfe zu verhelfen!

Aber da merkte er auf einmal, dass er nicht
gehen konnte. Auch mit dem Fliegen war's vorbei!
Mit dicken, eisernen Trossen waren seine Füße ans
Bett gefesselt worden, damit er das große Geheimnis nicht enthüllen könne.

Nun, dann wollte er es ausrufen, mit schmet-
ternder, übermenschlich lauter Stimme. Mit einer
Stimme, die über das Heulen und Krachen der Granaten, von Plava bis Triest und hinüber nach Tirol
und bis ans Meer in Flandern und bis zum Persi-
schen Golf hinunter, wie die Fanfare des Jüngsten
Gerichtes, die Wahrheit verkünden sollte! Schreien
wollte er, wie noch nie ein Mensch geschrien hatte:

– Grammophon ...

Holt die Köpfe! Nur Grammophon! – ...

Da brach seine Stimme, mitten in seiner Heilsverkündung, mit einem gurgelnden Schmerzenslaut plötzlich ab. Es tat zu weh! Er konnte nicht schreien. Ihm war's, als bohrte sich bei jedem Worte, das er rief, eine spitze Nadel tief in sein Gehirn ein.

Eine Nadel? ...

Gewiss! Wie hatte er das vergessen können? Auch ihm war ja der Kopf abgeschraubt worden. Auch er trug ja nur eine Grammophonplatte auf dem Halse, wie alle andern. Wenn er sprechen wollte, grub die Nadel sich in seinen Schädel und lief, erbarmungslos, über alle Windungen seines Gehirnes.

Nein! Das konnte er nicht ertragen! Lieber wollte er schweigen. Das Geheimnis für sich behalten. Nur nicht mehr diesen Schmerz, diesen wahnsinnigen Schmerz im Kopfe.

Aber die Maschine lief weiter. Oberleutnant Kadar packte seinen Kopf mit beiden Fäusten, krallte die Nägel tief in die Schläfen ein. Gelang es ihm nicht, die verdammte Maschinerie rechtzeitig zum Halten zu bringen, dann brach ihm sein eigener Kopf, immer weiter herumgedreht, unfehlbar das Genick in kurzer Zeit!

Eisig perlte der Angstschweiß aus allen Poren.

– Miska! – schrie der Oberleutnant in höchster Not.

Aber Miska verstand nicht, was er tun sollte. Die Platte drehte sich weiter und sang freudig schmetternd den Rakoczymarsch. Schon spannten sich alle Sehnen, ... immer wieder fühlte Oberleutnant Kadar den eigenen Kopf seinen Händen entgleiten; ... schon tauchte sein Rückgrat vor seinen Augen auf! Mit einer letzten, rasenden Kraftanstrengung versuchte er noch einmal in den Verband hinein zu greifen, den Kopf nach vorne zu pressen ... Dann ... dann noch ein fürchterliches Knirschen und Stöhnen ... und dann, dann ward es endlich mäuschenstill auf dem langen Korridor.

Als der semmelblonde Assistenzarzt aus dem Operationszimmer zurückkam, verriet ihm das Winseln Miskas von weitem schon, dass wieder ein Bett frei geworden war auf der Offiziersabteilung. Der ungeduldige alte Major winkte ihm zum Überfluss noch an sich heran und verkündete mit respektvoll vibrierender Stimme, laut, damit es alle Herren hören:

– Der arme Teufel dort unten hat endlich ausgelitten. Als echter Ungar! Mit dem Rakozcymarsch auf den Lippen. –

6

HEIMKEHR

Durch die Blätter blinkte zum ersten Mal der See, und auch die wohlbekannten grauen Kalkberge tauchten schon auf, griffen, wie drohende Finger, über den Bahndamm tief ins Wasser hinein. Da, hinter dem verrauchten, schwarzen Loch in der hellen Wand, gleich nach der Ausfahrt aus dem kurzen Tunnel, guckte für einen Augenblick die Kirchturmspitze über die Böschung, und ein Eckchen vom Schloss.

Johann Bogdán beugte sich weit zum Waggonfenster hinaus, mit gierigem Blick, wie einer, der sein Inventar revidiert, gespannt und voller Misstrauen, ob ihm nichts abhanden gekommen, während seiner Abwesenheit. Bei jeder erwarteten Baumgruppe nickte er befriedigt, die Richtigkeit der Landschaft an dem Bilde messend, das er fest eingebrannt in der Erinnerung trug. Alles klappte. Jeder Kilometerstein auf der großen Chaussee, die jetzt neben dem Geleise einherlief, stand fest auf seinem Platze; eben blitzte auch flammend die Rotbuche vorbei, an der die Racker immer scheuten und einmal auf's Haar den Wagen umgeworfen hätten.

Johann Bogdán tat einen tiefen, schweren Atemzug, fischte seinen winzigen runden Spiegel aus der Tasche und besah sich noch ein letztes Mal vor dem Aussteigen sein Gesicht. Es schien ihm mit jeder Station hässlicher zu werden. Die rechte Hälfte ging ja noch an: Da war noch ein wenig von seinem Schnurrbart übriggeblieben, und auch die Wange war leidlich glatt, bis auf den schlecht verheilten Riss neben dem Mundwinkel. Links aber! ... Über die linke Seite hatte er sich was aufschwätzen lassen von der verdammten Großstadtsippschaft, die im Krieg, genau wie in Friedenszeiten, doch nur darauf aus war, arme Bauersleute zum Narren zu halten. Schurken waren sie alle miteinander, der großartige Herr Professor sowohl wie die feinen Damen, mit den schneeweißen Mänteln und den albernen, geschraubten Redensarten. Es war, weiß Gott, kein Kunststück, einen einfältigen Kutscher, der mit Ach und Krach das bisschen Lesen und Schreiben erlernt hatte, in eine Falle zu locken. Da haben sie ihn angegrinst und ihm schön getan und ihm das Blaue vom Himmel herunter versprochen, und nun saß er da, hilflos, sich selbst überlassen, – ein verlorener Mann.

Mit einem wütenden Fluch riss er den Hut vom Kopfe und warf ihn neben sich auf die Bank.

War das ein menschliches Gesicht? War es erlaubt, einen Menschen so herzurichten? Die Nase wie aus kleinen, verschiedenfarbigen Würfeln zusammengestückelt, der Mund verzogen, die ganze linke Wange aufgedunsen, wie rohes Fleisch, so rot und kreuz und quer von tiefen Narben durchzogen. Abscheulich! Dazu an Stelle des Backenknochens eine langgestreckte Höhle, so tief, dass ein Finger drin verschwand. Und dafür hatte er sich so quälen lassen? Dafür hatte er sich siebzehn Mal, wie ein geduldiges Schaf, in das verfluchte Zimmer mit den Glaswänden und den vielen, blitzenden Messern hineinlocken lassen. Ein heißer Schauer lief ihm heute noch über den Rücken bei der Erinnerung an die Qualen, die er zähneknirschend ertragen hatte, nur um wieder ein menschliches Aussehen zu kriegen und heimkehren zu können zu seiner Braut.

Und nun war er da! Der Zug fuhr pfeifend aus dem Tunnel, die Kugelakazien vor dem Häuschen des Stationsvorstehers grüßten zum Fenster herein. Grimmig zerrte Johann Bogdán seinen schwerbepackten Rucksack durch den Korridor, stieg zögernd die Treppen hinunter und stand ratlos, hilfesuchend da, als der Zug, der ihn gebracht hatte, hinter seinem Rücken davonfuhr.

Er zog sein großes, geblümtes Taschentuch hervor und trocknete den Schweiß, der in dicken Perlen auf seiner Stirne stand. Was sollte er nun anfangen? Warum war er überhaupt hergekommen? ... Nun, da er endlich den Fuß auf den heißersehnten Heimatboden gesetzt, überfiel ihn mit einem Mal rasendes Heimweh nach dem Spital, das er am gleichen Morgen, vor wenigen Stunden erst, jubelnd verlassen hatte. Er dachte an den langen Korridor mit den vielen, in Verbände gewickelten Menschen, die alle humpelten, hinkten, lahm, blind oder entstellt waren. Dort stieß sich längst niemand mehr an seinem zerschundenen Gesicht. Im Gegenteil! Die meisten waren ihm neidisch, weil er doch wenigstens arbeitsfähig geblieben war, seine gesunden Arme und Beine behalten hatte und das rechte Auge. Gar viele wären gerne bereit gewesen, mit ihm zu tauschen. So mancher hatte missgönnische Bemerkungen gemacht und es für ein Anrecht erklärt, dass der Staat ihm eine Invalidenrente bewilligt, für das verlorene Auge. Ein Auge und ein bisl ein zerkratztes Gesicht, das war doch nichts gegen ein Holzbein, einen lahmen Arm oder eine durchschossene Lunge, die wie eine schlechte Maschine pfiff und rasselte bei jeder geringsten Anstrengung. Ein Glückspilz war er im Kreise der vielen Krüppel gewesen. Eine Berühmtheit! Alle Welt kannte dort seine Geschichte. Wer ins Spital kam, wollte vor allem den Johann Bogdán sehen, der sich siebzehn Mal operieren, die Haut sich in Streifen hatte aus Rücken, Brust und Schenkeln schneiden lassen. Nach jeder neuen Operation stand, – wenn der Verband entfernt wurde, – die Türe seines Schlafsaales keinen Augenblick still, hundert Meinungen wurden abgegeben, jedem Neuhinzugekommenen ausführlich erklärt, wie arg das Gesicht vorher gewesen. Die wenigen, die von Anfang an mit Bogdán das Zimmer geteilt, schilderten den früheren, grausigen Zustand mit einer Art Stolz, als hätten sie Anteil an den wohlgelungenen Operationen. So war Johann Bogdán allmählich fast eitel geworden auf seine fürchterliche Verwundung, auf die Fortschritte, die seine Verschönerung machte, und hatte das Spital mit der Erwartung verlassen, in seinem Dorf wie eine Sensation bewundert zu werden. Und jetzt? ...

Verwaist, allein mit seinem Rucksack und seinem Kofferl, überflutet vom prallen Sonnenschein der ungarischen Tiefebene, vor sich das weitgestreckte Dorf, fühlte Johann Bogdán sich jäh von Kleinmut überfallen, von einer Angst, die er beim Heransausen der Granaten, vor Sturmangriffen auf Leben und Tod, im grausamsten Handgemenge nicht gekannt. Tiefschürfende Betrachtungen waren seinem trägen Bauernverstand, seiner, aus Trotz und Eitelkeit roh zusammengezimmerten Natur, versagt. Aber ein instinktives Unbehagen, das feindselige Misstrauen, das ihn übermannte, sagten ihm deutlich genug, dass er Enttäuschungen und Kränkungen entgegenging, von welchen er sich im Spital nichts hatte träumen lassen. Kleinlaut lud er sich sein Gepäck auf den Rücken und ging mit zögernden Schritten dem Ausgange zu. Hier, im Schatten dieser verstaubten Akazien, die er und die ihn wachsen gesehen, fühlte er sich jäh mit seinem früheren Ich, mit dem schönen Johann Bogdán, der hier als fescher Herrschaftskutscher bekannt war, konfrontiert. Da waren alle Operationen und Flickereien den Teufel was wert! Da gab es keinen anderen Vergleich als den einen, schmerzlichen, zwischen dem kecken, übermütigen Burschen, der hier am ersten Mobilmachungstag mit heisergesungener Stimme seiner Marcsa ein letztes Lebewohl zugerufen hatte, und dem Krüppel, der jetzt mit einem Auge, zertrümmerter Kinnbacke, zerflicktem Gesicht und halbierter Nase vor demselben Stationsgebäude stand, – verbittert und niedergeschlagen, als wäre ihm das Unglück an diesem Morgen erst zugestoßen.

Vor der kleinen Gittertüre schwatzte, mit der Lochzange in der Hand, die Frau des Bahnwärters Kovacs, der seit Kriegsbeginn irgendwo im Russischen Dienst tat, und wartete ungeduldig auf den letzten Passagier. Johann Bogdán sah sie stehen, und sein Herz fing so heftig zu pochen an, dass er unwillkürlich noch langsamer ging. Würde sie ihn erkennen oder nicht? Seine Knie knickten ein, wie plötzlich morsch geworden, und seine Hand zitterte vor Erregung, als er ihr das Billet entgegenhielt.

Sie nahm es ihm ab und ließ ihn passieren; ohne ein Wort.

Dem armen Bogdán stockte der Atem. Er raffte seine ganze Kraft zusammen, sah ihr mit seinem einzigen Auge fest ins Gesicht und sagte, mühsam seine Stimme festigend: – Grüß Gott! –

– Grüß Gott – wiederholte die Frau. Er begegnete ihren Augen, sah sie sich weiten, erstarren, über sein zerschundenes Gesicht tasten und dann schnell über ihn hinwegschauen, als könnte sie den Anblick nicht ertragen. Schon wollte er stehenbleiben, da merkte er, dass ihre Lippen bebend ein lautloses »Jesus Maria« stammelten, als wäre er der leibhaftige Gottseibeiuns. Und taumelnd, gekränkt, ging er weiter.

– Nicht erkannt! – hämmerte das Blut ihm in den Ohren, – Nicht erkannt. Nicht erkannt – Er schleppte sich bis zur Bank gegenüber dem Stationshaus, warf sein Gepäck ab und sank nieder.

Nicht erkannt! Die Frau des Bahnwärters Kovacs, den Johann Bogdán nicht erkannt. Das Haus ihrer Eltern grenzte an sein Elternhaus, sie waren mitsammen zur Schule gegangen, mitsammen konfirmiert worden; er hatte sie in den Armen gehalten, sie abgeküsst, weiß Gott, wie oft, ehe der Kovacs ins Dorf kam und um sie warb. Und sie hatte ihn nicht erkannt. Auch nicht an der Stimme, – so verändert war er!

Unwillkürlich warf er noch einen Blick hinüber, sah sie eifrig auf den Stationsvorsteher einsprechen und erriet aus ihren Gebärden, dass sie von dem schauderhaften Anblick erzählte, von dem greulich entstellten, fremden Soldaten, den sie eben gesehen. Er stieß einen kurzen, krächzenden Laut aus, einen missglückten Fluch; dann fiel sein Kopf vornüber, und er heulte los, wie ein verlassenes Weibsbild. Was sollte er nun anfangen? Hinaufgehen ins Schloss, die Tür aufstoßen zum Gesindehaus und der verblüfften Marcsa ein patziges »Grüß Gott« zurufen?

... Ja, so hatte er sich's gedacht. Hatte sich, weiß der Teufel wie oft, – das Bild ganz genau ausgemalt: das Aufkreischen der Mägde, den Freudenschrei seiner Braut, ihren Sprung an seinen Hals und die tausend Fragen, die sich über ihn ergießen würden, während er, die Marcsa auf den Knien, nur so nebenher, dann und wann, eine Antwort gäbe der andächtig lauschenden Gesellschaft.

Wo war das jetzt alles? ... Zur Marcsa gehen? Er? ... Mit diesem Gesicht, vor dem die Bahnwärters Juli sich bekreuzigt? ... War die Marcsa nicht im ganzen Komitat berüchtigt wegen ihrer spitzen Zunge und ihrer Hochnäsigkeit? Schockweise hatte sie die Männer abblitzen lassen, alle ausgelacht, alle zum Narren gehalten, ehe sie sich endlich in ihn vergaffte.

Johann Bogdán stopfte die Faust in den Mund und bohrte sich die Zähne tief ins Fleisch hinein, bis der heftige Schmerz ihm endlich das Schluchzen überwinden half. Dann vergrub er den Kopf in den Händen und versuchte nachzudenken.

Nie war ihm in seinem Leben irgendetwas schief gegangen. Überall hatte man ihn gut leiden können, in der Schule, bei der Herrschaft im Schloss, und auch beim Militär. Als hübscher, aufgeweckter Junge, ausgezeichneter Reiter, schneidiger Kutscher, den seine Pferde liebten, wie er sie, war er, vergnügt vor sich hin pfeifend durchs Leben gegangen, gewöhnt, die Weiber geschmeichelt lächeln zu sehen, wenn er ihnen im Vorbeisausen großmütig eine Kusshand zuwarf. Nur bei der Marcsa hatte es etwas länger gedauert; aber die war ja auch weit und breit als das schönste Mädel berühmt, und selbst der gnädige Herr hatte ihm fast neidisch auf die Schulter geklopft, als sie sich verlobten.

– Ein schönes Paar! – hatte der Herr Pfarrer gesagt.

Tastend fischte Johann Bogdán seinen kleinen Spiegel wieder aus der Tasche und sank zusammen, erdrückt von einer tiefen, wehmütigen Traurigkeit. Das sollte nun der Bräutigam der schönen Marcsa sein? Was hatte dieses Affengesicht, dieses zerflickte, scheckige Gefries, das ihm der verdammte Gauner, der Betrüger, der sich einen berühmten Professor schimpfen ließ, da zusammengeschustert hatte, mit Johann Bogdán zu tun, mit dem Johann Bogdán, dem die Marcsa die Ehe versprochen und weinend das Geleit gegeben hatte, als es losging. Für die Marcsa gab es nur einen Johann Bogdán, der war Herrschaftskutscher und der schönste Mann im Dorf. War er noch Herrschaftskutscher? ... Der gnädige Herr wird sich hüten, sein schönes Zeugel mit so einer Vogelscheuche zu verschandeln und in die Komitatshauptstadt hineinzufahren mit einer Fratze auf dem Bock! Zum Heuen wird man ihn schicken, zum Ausmisten im Stall. Und die Marcsa, die schöne Marcsa, um die sich alle Männer reißen, sollte die Frau eines elenden Taglöhners werden?

Nein, das fühlte Johann Bogdán ganz genau, für die Marcsa war der Mensch, der da auf der Bank saß, nicht der Johann Bogdán mehr. Sie wird ihn nicht mehr haben wollen, so wenig die Herrschaft ihn wieder auf den Bock setzen wird. Ein Krüppel bleibt ein Krüppel, und die Marcsa hat sich mit dem Johann Bogdán verlobt und nicht mit dem Kinderschreck, den er ihr jetzt nach Hause brachte.

Seine Traurigkeit wich allmählich einer unbändigen Wut gegen das Großstadtgesindel, das ihn beschwatzt, ihm weiß Gott was aufgebunden hatte. Stolz sein sollte die Marcsa, weil er im Dienste des Vaterlandes entstellt worden war? Stolz? Haha!

Er lachte höhnisch auf, und seine Finger krampften sich um den vermaledeiten Spiegel, bis er in tausend Scherben brach und ihm die Hand zerschnitt. Das Blut tropfte langsam in den Ärmel, ohne dass er es merkte, so groß war sein Grimm gegen das vornehme Weiberpack im Spital, das ihn mit solchem Gewäsch ganz um seinen Verstand gebracht hatte. Die dachten wohl, für eine Bauerndirne wäre auch ein Mann mit einem Auge und halber Nase noch gut genug? Vaterland? ... Ging sie denn mit dem Vaterland zum Altar? Konnte sie mit dem Vaterland Staat machen, wenn ihr die Weiber mitleidig nachschauten? Kutschierte das Vaterland mit fliegenden Bändern auf dem Hut durch das Dorf? Lächerlich! ...

Hier auf der Bank, mit dem Stationshaus und der Aufschrift vor Augen, die in einem einzigen Wort, einem kurzen Namen, sein ganzes Leben, alle seine Erinnerungen, Hoffnungen und Erlebnisse zusammenfasste, fiel Johann Bogdán ganz plötzlich der lahme Peter ein, der in dem verfallenen Häuschen hinter der Mühle logiert hatte, vor vielen Jahren, als er selbst noch ein Kind gewesen. Er sah ihn ganz deutlich vor sich stehen, mit seinem klappernden Stelzfuß und seinem verhungerten, traurigen Gesicht. Der hatte auch sein Bein hingeopfert »fürs Vaterland«, – in Bosnien unten, während der Okkupation, und musste dann allein in der alten Hütte hausen, verspottet von den Kindern, die seinen Gang nachmachten; übellaunig geduldet von den Bauern, die es ihm nachtrugen, dass er der Gemeinde zur Last fiel und von ihrem Gelde lebte. »Im Dienste des Vaterlandes«? – – – Nie hatte jemand vom Vaterland gesprochen, wenn der lahme Peter vorbeikam. Man nannte ihn verächtlich den Dorfarmen, und damit basta.

Johann Bogdán presste die Zähne aufeinander, dass sie knirschten, vor Ärger darüber, dass ihm der Peter nicht im Spital schon eingefallen war. Dann hätte er den Städtischen tüchtig seine Meinung gesagt über ihr dummes Geschwätz vom Vaterland und von der großen Ehre, wie ein Aff' heimzukehren zur Marcsa. Wenn er jetzt den Professor hätte in die Krallen kriegen können! Fotografiert hatte ihn der Betrüger, – und nicht einmal nur, – ein dutzend Mal wenigstens, von allen Seiten; nach jeder Schinderei von Neuem; als wäre ihm weiß Gott was für ein Kunststück gelungen. Und nun hatte ihn nicht einmal die Bahnwärter Juli erkannt – – die Bahnwärter Juli – – ein Nachbarskind! ...

So tief versunken war Johann Bogdán in seinen Kummer, so verbissen in grimmige Rachepläne, dass er den Mann, der seit einigen Minuten schon vor ihm stand und ihn neugierig prüfend von allen Seiten begaffte, gar nicht sah. Eine Hitzewelle flog ihm ins Gesicht, und sein Herz blieb stehen vor freudigem Schreck, als ihn plötzlich eine Stimme aus seinem Brüten weckte:

– Bist du's, Bogdán?

Er fuhr auf, selig, doch noch erkannt zu werden, und runzelte tief enttäuscht die Stirne, als er den buckligen Mihály vor sich stehen sah. Im ganzen Dorf, im ganzen Komitat, gab es keinen zweiten Menschen, dem Johann Bogdán nicht in aufquellender Dankbarkeit herzlich die Hand geschüttelt hätte in diesem Augenblick. Mit dem Buckligen aber wollte er nichts zu tun haben. Jetzt schon gar nicht! Der Kerl bildete sich am Ende ein, einen Kameraden an ihm gewonnen zu haben, und war wohl froh, nicht mehr der einzige Krüppel im Ort zu sein.

– Nun ja, ich bin's. Was gibt's weiter? –

Der Bucklige wühlte mit seinen kleinen, stechenden Augen neugierig in Bogdáns narbendurchfurchtem Gesicht und schüttelte mitleidig den Kopf:

– Na, dich hat der Russ' ja nett zugerichtet.

Wie ein kläffender Köter schnaubte ihn Bogdán an:

– Geht dich nichts an! Hast was zu reden, du! Wär' ich aus 'm Mutterleib schon so zugerichtet auf die Welt kommen, mit dem Bauch auf dem Rücken, wie du, hätt' mir der Russ' nichts tun können.

Der Bucklige setzte sich ruhig neben ihn hin, ohne auch nur im geringsten gekränkt zu sein.

– Höflicher bist du nicht geworden im Krieg, Bogdán, – das merke ich schon, – sagte er trocken. – Bist nicht in rosiger Stimmung, kann's mir denken. Ja, so geht's! Die armen Leut müssen ihre gesunden Knochen hergeben, damit der Feind den Reichen nichts von ihrem Überfluss wegnimmt! Kannst noch froh sein, dass du so davongekommen bist.

– Bin ich auch, knurrte Bogdán, mit einem gehässigen Seitenblick. – Ob arm oder reich fragt die Granate nicht. Da liegen Grafen und Barone draußen und faulen in der Sonne, wie hingeworfenes Aas. Wen unser lieber Herrgott nicht schon in der Wiege geschlagen hat, dass er nicht zum Mann und nicht zum Frauenzimmer taugt, der ist jetzt im Feld, ob er nun arm ist wie eine Kirchenmaus oder gewohnt ist aus goldenen Schüsseln zu essen.

Der Bucklige räusperte sich und zuckte die Achseln: – 's gibt Solche und Solche, – meinte er; wollte noch was hinzufügen, besann sich aber eines Besseren und schwieg. Dieser Bogdán war immer schon eine elende Lakaiennatur gewesen, stolz darauf, den hohen Herren dienen zu dürfen. Fühlte sich solidarisch mit seinen Unterdrückern, weil er in verschnürten Joppen mit silbernen Knöpfen zu ihrem Glanze beitragen durfte. Nun hatten sie ihn vor die Kanonen gehetzt, damit er ihren Reichtum verteidigen half, und der Kerl saß da, entstellt, mit einem Auge nur, und ließ noch immer nichts auf die gnädigen Herrschaften kommen. Gegen solche

Dummheit konnte man nichts ausrichten. Es war schade um jedes Wort.

Schweigend saßen sie eine Weile nebeneinander. Bogdán stopfte umständlich seine Pfeife, und der andere sah ihm interessiert zu.

– Gehst ins Schloss hinauf? – frug vorsichtig der Bucklige, als die Pfeife endlich brannte.

Johann Bogdán wusste ganz genau, wohin der verhasste Kerl hinaus wollte. Er kannte ihn ja. Ein Sozi war der! So ein Halunke, der die armen Leute um ihr Brot bringt, mit seinem dummen Geschwätz. Genau wie ein schlechter Hund, der die Hand beißt, die ihn füttert. Er hatte in der Ziegelei als Aufseher sein schönes Auskommen gehabt, und zum Dank die ganze Arbeiterschaft gegen die Herrschaft aufgehetzt, bis sie den doppelten Lohn forderten und das Schloss anzünden wollten an allen vier Ecken. Auch bei ihm hatte er schon einmal sein Glück versucht, hatte den gnädigen Herrn schlecht machen wollen. Aber da war er an den Richtigen gekommen! Ein paar Ohrfeigen rechts und links und ein tüchtiger Fußtritt dazu war die Antwort gewesen, damit er's nicht noch einmal versucht, den Johann Bogdán zu einem Sozi zu machen, zu solch' einem Spitzbuben, der keinen Herrgott und kein Vaterland kennt.

Der andere rutschte unruhig hin und her auf der Bank, warf ab und zu von der Seite her einen prüfenden Blick auf seinen Nachbarn, fasste sich endlich ein Herz und sagte ganz plötzlich:

– Sie werden ja wohl froh sein um dich, da oben.

Deine Arme sind doch ganz geblieben, und sie können Leute brauchen in der Fabrik. Bogdán rümpfte die Nase.

– In der Ziegelei? – – frug er wegwerfend.

Der Bucklige lachte laut auf:

– Ziegelei? warum nicht gar. Wer braucht denn Ziegel im Krieg? Ziegelei gibt's längst nicht mehr, mein Lieber. Da werden jetzt Granathülsen fabriziert. Siehst du die Waggons dort drüben? Das ist alles voll mit Granathülsen. Jeden Samstag geht ein ganzer Zug von hier ab.

Interessiert hörte Bogdán zu. Das war was Neues. Eine Änderung auf dem Gut, von der er noch nichts wusste.

– Siehst du, das ist alles so hübsch eingeteilt, – erzählte der andere weiter und lächelte spöttisch – der eine geht hinaus und lässt sich den Schädel kaputt schlagen, der andere bleibt schön daheim, fabriziert Granathülsen und tapeziert sein Schloss mit Tausendkronenscheinen. Mir kann's ja recht sein. –

– Sollen wir vielleicht mit Erbsen schießen, he, oder mit der Luft? Ohne Granaten kannst keinen Krieg führen. Die sind genau so nötig wie die Soldaten. –

– Stimmt! Und weil die reichen Herren die Wahl haben, so lassen sie dich deinen Kopf hinaustragen. Was kriegst denn für dein Aug? Hundert Kronen im Jahr? Oder gar hundertfünfzig? Und die andern, die von den Raben gefressen werden, haben nicht einmal so viel vom Krieg. Der gnädige Herr da droben verdient aber jeden Tag seine paar Tausender und riskiert nicht einmal seinen kleinen Finger dabei. So wär ich auch gern Patriot. Kannst es mir glauben! Anfangs hieß es ja natürlich, er ginge ins Feld. Ist auch großartig abgefahren. Aber drei Wochen später war er schon wieder da, mit Monteuren und Maschinen, und jetzt hält er schöne Reden, drinnen im Komitatshaus, schickt die andern sterben und ist auch noch der Hahn im Korb bei ihren Frauen. Stopft sich die Taschen voll und tätschelt alle Mädel ab in der Fabrik. Ist ja der einzige richtige Mann, weit und breit.

Unwillig, mit gerunzelter Stirne ließ Bogdán die Rede über sich ergehen. Nur der letzte Satz machte ihn stutzig. Er horchte auf, wurde unruhig und kämpfte eine Weile heldenhaft gegen die Frage, die ihm auf den Lippen brannte. Dann konnte er endlich doch nicht mehr an sich halten und platzte heraus:

– Ist – – die Marcsa auch oben in der Fabrik? In den Augen des Buckligen blitzte es auf:

– Die schöne Marcsa! Das glaub' ich! Vorarbeiterin ist sie geworden. Man sagt zwar, dass sie noch nie eine Hülse in der Hand gehabt hat, – dafür haben aber die Hände des gnädigen Herrn – – –

Mit einem kurzen, heiseren Krächzen fuhr ihm Johann Bogdán an die Gurgel, presste ihm den Adamsapfel in die Kehle hinein, hielt ihn fest in unbarmherziger Umklammerung, bis er, um sich schlagend, mit angstvoll hervorquellenden Augen, glucksend und blau im Gesicht hinschlug, und röchelnd liegen blieb. Dann kramte Bogdán eilig sein

Zeug zusammen und marschierte los, weit ausgreifend, mit riesigen Schritten, als könnte er was versäumen oben im Schloss.

Keinen Blick warf er mehr auf den buckligen Mihály, wandte sich kein einziges Mal um, zog ruhig weiter und fühlte noch lange die warme Kehle in seiner Hand.

Was war ihm denn ein Mensch, der röchelnd auf der Straße lag? Ein Mensch mehr oder weniger! – An Tausenden war er so vorbeigezogen, in der schaukelnden Gleichmäßigkeit der marschierenden Kolonne, stumpfsinnig vor Müdigkeit, ohne daran zu denken, dass die dichtgesäten, grauen Flecke in den Wiesen, die Klumpen, die, wie Dunghaufen im Frühjahr, auf Schritt und Tritt die Straße säumten, Menschen waren, die der Tod hingelegt. Gewatet waren sie in Toten, dort bei Kielce, als es über das Feld ging, wo aus jeder Furche erdgraue Hände in die Luft krallten, blutgetränkte Hosenbeine und verzerrte Gesichter aus dem Boden wuchsen, als krabbelten alle Toten aus den Gräbern zum Jüngsten Gericht. Gestolpert waren sie damals über Leichen; dem dicken, kleinen Reserveleutnant war es sogar totenübel geworden, zur großen Belustigung seines Zuges, weil ein schon halbverfaulter Russe, dem er versehentlich auf die Brust getreten, unter ihm einbrach, so dass er den Fuß kaum wieder frei bekam aus dem verpesteten Loch. Lächelnd erinnerte sich Johann Bogdán an die boshaften Scherze der Kompanie über den leichenblassen Offizier, der, an einen Baum gelehnt, den heiligen Ulrich anrief, wie einer, der tüchtig über den Durst getrunken hat.

Glühend leuchtete die Landstraße in der Mittagssonne. Im Dorf schlug die Turmuhr zwölf; drüben vom Hügel ertönte, wie als Antwort, das tiefe Summen der Fabrikspfeife, und ein weißes Wölkchen stieg über die Baumwipfel. Bogdán beschleunigte seine Schritte, lief mehr, als er ging, ohne sich um die Schweißtropfen zu scheren, die ihm kitzelnd über den Nacken perlten. Fast ein volles Jahr lang hatte er Spitalsluft geatmet, nur Dächer und Mauern gesehen und Lysol und Jodoform gerochen. Wollüstig zog seine Lunge den Duft der blühenden Wiesen ein, und seine Sohlen klatschten kräftig auf die Straße, als marschierte er wieder in Reih und Glied. Seit dem Tage seiner Verwundung war dies sein erster Gang; die erste Landstraße seit den wilden Gefechtsmärschen im Russischen. Zuweilen schien es ihm, als hörte er die Kanonen rollen. Der kurze Kampf mit dem buckligen Lumpen hatte sein Blut in Wallung gebracht; und seine Kriegserinnerungen, von der öden Eintönigkeit des Lazarettlebens, wie von einer dichten Staubschicht überdeckt, wirbelten jäh wieder auf.

Fast reute es ihn, den verdammten Halunken zu früh freigegeben zu haben! Eine Minute länger, – und er hätte sein Lästermaul nie wieder aufgetan. Hätte den Kopf erschöpft zur Seite gelegt, mit auseinandergespreizten Fingern noch einmal sehnsüchtig die Luft umarmt, und wäre dann blitzschnell zusammengeschrumpft, genau wie der struppige, dicke Russe, mit den großen, blauen Augen, der als erster, mit einem schönen Gruß vom Johann Bogdán, beim heiligen Petrus vorsprach. Dem hatte er die Kehle nicht mehr locker gegeben, ehe er das Gezappel nicht ganz sein ließ! Mausetot hatte er den gewürgt. Und war doch ein ganz possierlicher Kerl gewesen, lange nicht so widerlich, wie dieser bucklige Schuft. Aber freilich, er war der erste Feind, den er zu packen bekommen; sein allererster Russ! Eine stattliche Reihe war gefolgt, aber erwürgt hatte er nur diesen einen. Mit dem Kolben niedergeschmettert, mit dem Bajonett erstochen, mit den Stiefeln zertrampelt sogar, den Halunken, der ihm seinen liebsten Kameraden vor den Augen niederschlug. Aber erwürgt hatte er keinen mehr. Darum war ihm der kleine Dicke so in der Erinnerung geblieben! Von den andern wusste er nichts mehr. Sah nur einen Knäuel von graugrünen Uniformen, und das Knirschen, Stampfen, Röcheln und Fluchen des Handgemenges klang ihm wirr ins Ohr, wenn er an seine Heldentaten dachte. Wie viele er wohl so ins Jenseits geschickt? Der liebe Gott mochte sie gezählt haben. Er selbst hatte genug damit zu schaffen, sich die Kerle vom Leibe zu halten. Wer sich da erst lange umschauen wollte, wäre die längste Zeit neugierig gewesen.

Und doch! Da war noch ein zweites Gesicht, das er sich auch genau gemerkt hatte. So ein großer, hagerer Kerl, lang wie eine Hopfenstange, mit großen, gelben Hauern im Mund, die er wie ein Eber fletschte. Ja, an den erinnerte er sich noch, als wär's erst gestern gewesen. Er sah ihn stehen, halb schon an die Wand gepresst, das Gewehr über dem Kopfe schwingend. Noch ein Augenblick, und der Kolben wäre niedergesaust! Aber um dem Bogdán zuvorzukommen, dazu war so ein schläfriger Russ noch lange nicht der rechte. Ehe er noch zuschlagen konnte, hatte er das Bajonett schon zwischen den Rippen, fiel hintenüber auf sein Gewehr. Durch und durch war ihm das Bajonett gegangen, hinter ihm noch in die Wand gefahren, auf ein Haar wäre es abgebrochen. Das passierte aber kein zweites Mal! Das war nur geschehen, weil er zu stark zugestoßen hatte, mit zusammengebissenen Zähnen, die Finger krampfig um den Schaft gekrallt, aus voller Kraft, als gälte es Eisen zu zerschneiden. Er hatte eben noch nicht gewusst, dass es gar nicht so schwer war, einen Menschen niederzumachen; war auf weiß Gott was für einen Widerstand gefasst gewesen und entsann sich ganz genau, dass ihm der Mund offen stehen geblieben war vor Erstaunen, wie das Bajonett so glatt hineinfuhr in den langen Kerl, als hätte er in Butter gestochen. Wer das noch nie probiert hat, denkt, der Mensch wäre ganz aus Knochen, holt weit aus und kann nachher schauen, wie er sein Gewehr wieder frei kriegt, ehe einer von den struppigen Teufeln seine Wehrlosigkeit ausnützt. Ganz leicht musste man ansetzen, mit einem kurzen, ruckartigen Stoß, dann lief das Ding ganz von selbst hinein, wie ein gutes Pferd, – man hatte ordentlich Mühe, es zurückzuhalten. Das wichtigste war: den Feind nicht aus dem Auge zu lassen! Nicht aufs Bajonett durfte man starren, nicht dorthin, wohin man stechen wollte. Immer dem Gegner ins Aug, um seine Parade rechtzeitig erraten zu können. Aus den Gesichtszügen musste man den richtigen Augenblick zum Zurückweichen abpassen. Sie machten es ja alle ganz gleich: alle aufs Haar so wie der Erste, der lange, wilde Kerl mit den gefletschten Zähnen. Mit einem Mal wurde ihr Gesicht ganz glatt, als hätte das kalte Eisen im Leib ihre ganze Wut abgekühlt, rissen erstaunt die Augen auf und blickten zum Feind hinüber, als wollten sie vorwurfsvoll die Frage an ihn richten: »Was machst du denn?« Dann griffen sie gewöhnlich ins Bajonett hinein, zerschnitten sich überflüssigerweise noch die Hände, ehe sie hinfielen. Wer da nicht genau Bescheid wusste, die Waffe nicht rechtzeitig anhielt und schnell aus der Wunde herauszog, in dem Moment, da er die Augen groß werden sah, wurde mit umgerissen oder bekam von irgendwoher einen Kolbenschlag über den Kopf, lange ehe es ihm gelang loszukommen. Alles das hatte Johann Bogdán gar oft besprochen mit den Kameraden, wenn nach harten Gefechten Kritik geübt wurde an den Gefallenen, die sich dumm angestellt und ihre Ungeschicklichkeit mit dem Leben bezahlt hatten.

Mit Riesenschritten vorwärts eilend auf dem wohlbekannten Wege hügelan zum Schloss, war er jetzt gleichsam untergetaucht in seinen Erinnerungen. Seine Beine liefen von selbst, wie Pferde auf dem Heimweg. Er passierte das offene Gittertor und ging schon auf gekiesten Wegen, den Kopf auf

der Brust, ohne zu ahnen, dass er angekommen
war.

Pferdewiehern riss ihn aus seinen Gedanken. Er
fuhr auf und blieb stehen, von tiefer Rührung gepackt, als er, wenige Schritte weit, das Stallgebäude
erblickte und drinnen, im Dämmerlicht, schimmernd hell die Kruppe seines geliebten Schimmels.
Schon wollte er abschwenken, auf die Stalltüre zu;
da tauchte, weit unten, am anderen Ende des
großen Platzes, ein Frauenzimmer auf. Es kam von
der Ziegelei her, ein rotgetupftes, seidenes Tuch auf
dem Kopfe, die pralle Büste hochaufgerichtet, mit
einem herausfordernden Biegen in den Hüften, dass
die weiten Röcke wie reife Halme wogten.

Johann Bogdán stand starr. Als hätte ihn jemand
vor die Brust gestoßen. Das war die Marcsa! So ging
kein zweites Mädel im ganzen Komitat. Er warf sein
Gepäck auf die Erde und stürmte los.

– Marcsa! Marcsa! – klang es schmetternd hell
über den weiten Hof.

Das Mädel wandte sich um und ließ ihn herankommen, neugierig, mit zusammengekniffenen Augen. Drei Schritt weit blieb Bogdán stehen.

– Marcsa! – wiederholte er flüsternd, den Blick
angstvoll auf ihr Gesicht geheftet. Er sah sie blass
werden, kreideweiß; sah ihre Augen unruhig hin
und her hüpfen, von seiner linken Wange zur
rechten hinüber und wieder zurück. Dann kam ein
Grauen in ihre Augen, sie schlug die Hände vor's
Gesicht und lief davon, so schnell ihre Füße sie
trugen.

Tief traurig starrte ihr Bogdán nach. Genau so hatte er sich das Wiedersehen vorgestellt; so, und nicht anders, seit die Bahnwärtersfrau, das Nachbarskind, ihn nicht erkannt. Nur dass sie davonlief, wurmte ihn! Das hatte sie nicht nötig. Johann Bogdán war nicht der Mann, der einem Frauenzimmer Gewalt antat. Gefiel er ihr nicht mehr, so wie er geworden war, nun dann konnte sie sich einen Anderen suchen, und er würde schon auch noch Eine finden, darum war ihm nicht bange. Das wollte er ihr auch sagen.

In großen Sätzen sprang er ihr nach, erwischte sie bei der Hand, als sie nur mehr wenige Schritte vom Maschinenhaus trennten.

– Warum laufst du davon? – knurrte er sie an, atemlos. – Brauchst nur zu sagen, wenn du mich nicht mehr willst. Meinst ich fress' dich auf? ...

Sie starrte ihn an, forschend, – unsicher. Fast tat sie ihm leid, so arg zitterte ihr ganzer Körper.

– Wie siehst du aus? – hörte er sie stammeln und wurde rot vor Zorn.

– Hab's dir ja schreiben lassen, dass mich eine Granate erwischt hat. Hast gemeint ich bin schöner geworden? Sag's nur grad raus, wenn du mich nicht mehr willst. Reinen Wein will ich haben! Ja oder nein? Ich werde dich nicht zwingen zum Heiraten. Sag's nur gleich: ja oder nein!

Marcsa schwieg. Es war irgendetwas in seinem Gesicht, in seinem einzigen Auge, das ihr den Atem nahm, wie mit kalten Fingern in ihren Eingeweiden wühlte. Sie schlug die Augen nieder und stotterte:

– Du hast ja noch gar keine Stellung. Wie können wir heiraten? ... Musst erst den gnädigen Herrn fragen ob er ...

Johann Bogdán war's, als fiele ein roter Vorhang, aus Feuer gewoben, vor seine Augen. Der Herr? ... Was sprach sie vom Herrn? ... Er dachte an den Buckligen und fühlte mit einem Schlag, dass der Halunke nicht gelogen hatte. Wie eine glühende Zange umklammerten seine Finger ihr Handgelenk, dass sie aufschrie vor Schmerz.

– Der Herr? – ... brüllte Bogdán, – was hat der gnädige Herr zwischen dir und mir zu suchen? Ja oder nein? Antwort will ich! Der Herr hat da nichts zu schaffen, zwischen uns.

Marcsa richtete sich auf. Mit einem Mal kam eine merkwürdige Sicherheit über sie. Ihre Wangen bekamen wieder Farbe, ihre Augen funkelten stolz. Hochmütig, wie er sie immer gekannt, stand sie da, den Kopf herausfordernd in den Nacken geworfen.

Bogdán sah die Änderung, sah, dass ihr Blick über seine Schultern hinwegging, ließ sie fahren und wandte sich blitzschnell um. Es war so, wie er sich's gedacht hatte: Aus dem Maschinenhause trat soeben der gnädige Herr, gefolgt vom alten Tóth, seinem Waldhüter. Wie eine Katze war die Marcsa vorbeigehuscht, stürzte zum Herrn hin, beugte sich nieder und küsste ihm die Hand.

Bogdán sah sie herankommen, zu dritt, senkte den Kopf, wie ein Widder zum Angriff. Eine entschlossene, kalte Ruhe stieg langsam in ihm hoch, wie im Schützengraben, wenn der Hornist zum Angriff blies. Er fühlte die Hand des gnädigen Herrn seine Schulter berühren und wich einen Schritt zurück. Was sollte das alles? Der Herr sprach von Tapferkeit und Vaterland, lauter überflüssiges Zeug, das nichts mit der Marcsa zu schaffen hatte! Er ließ ihn sprechen, ließ die Worte auf sich niederprasseln wie Regen, ohne sich um ihren Sinn zu kümmern. Sein Blick irrte unruhig hin und her, vom Herrn zur Marcsa und zum Waldhüter, bis er an etwas Glänzendem neugierig haften blieb. Es war der vernickelte Knauf am Hirschfänger, den der alte Waldhüter an seiner Seite trug, der funkelnd die Sonne spiegelte.

– Wie ein Bajonett, – – dachte Bogdán; und der Einfall durchzuckte ihn, das Ding aus der Scheide zu reißen und dem Luder, der Marcsa in den Leib zu rennen, bis zum Heft. Aber ihre runden Hüften, die bauschigen, bunten Röcke machten ihn irre. Mit Leibern hatte er im Krieg nie zu schaffen gehabt. Er konnte sich's nicht recht vorstellen, wie das wäre, wenn man da hineinstieße. Sein Blick glitt auf den Herrn zurück, und nun bemerkte er, dass er ihn in Harnisch gebracht hatte, mit seinem verstockten, trotzigen Schweigen.

– Er fletscht die Zähne, – fiel ihm ein, – genau wie der lange Russ! – Und er lächelte fast bei der Vorstellung, wie auch der gnädige Herr gleich ein glattes Gesicht bekäme und erstaunte, fragende Augen. Sprach er da nicht gerade von der Marcsa? Was ging ihn die an?

Trotzig richtete sich Bogdán auf.

– Mit der Marcsa ordne ich mir meine Angelegenheit schon selbst, gnädiger Herr. Das ist eine Sache zwischen ihr und mir, – sagte er heiser, und sah dem Herrn fest ins Gesicht. Der hatte noch seinen Schnurrbart! Rechts und links ganz gleich und fein hochgezwirbelt. Wie hatte der Bucklige gesagt? »Der Eine geht hinaus und lässt sich den Kopf kaputtschlagen.« – Er war eigentlich gar nicht so dumm, der Bucklige.

Nun wurde der Herr ganz zornig. Bogdán ließ ihn schreien und starrte, wie hypnotisiert, auf den glänzenden Knauf hinüber. Erst als immer wieder der Name »Marcsa« an sein Ohr schlug, wurde er wieder aufmerksam.

– Die Marcsa steht jetzt in meinem Dienst – hörte er den Herrn sagen, – du weißt, ich kann dich gut leiden, Bogdán; ich will dich auch wieder bei den Pferden beschäftigen, wenn dir darum zu tun ist. Aber die Marcsa lässt du mir in Ruhe. Rauferein dulde ich nicht! Will sie dich noch heiraten, so ist's mir sehr recht. Will sie aber nicht, dann lässt du sie zufrieden! Hör' ich noch einmal, dass du ihr weh getan hast, dann jag' ich dich zum Teufel, verstehst du mich?

Schäumend vor Wut legte Bogdán los: – Zum Teufel? – schrie er schäumend. – Der gnädige Herr will mich zum Teufel jagen? Gehen der gnädige Herr doch erst selber hinaus! Ich war schon beim Teufel! Ich bin acht Monate draußen gelegen in der Hölle. Da ist mein Gesicht, da können der gnädige Herr sehen, dass ich aus der Hölle komme. Hier den

Beschützer spielen, sich die Taschen vollpfropfen und die anderen sterben schicken, das ist bequem. Wer sich zu Hause herumdrückt, der sollte nicht andere zum Teufel schicken, die schon für ihn in der Hölle gewesen sind!

So maßlos war seine Wut, dass er wie der bucklige Sozi sprach, ohne sich zu schämen. Sprungbereit stand er da, mit straff gespannten Muskeln, wie ein wildes Tier. Er sah den Herrn mit verzerrtem Gesicht auf sich losstürzen, den Reitstock durch die Luft flitzen, – sah ihn auch niedersausen, aber den Schlag, der hart und scharf seinen Rücken traf, fühlte er nicht mehr.

Mit einem Satz riss er den Hirschfänger aus der Scheide und stieß ihn dem Herrn zwischen die Rippen. Nicht etwa weit ausholend, dass ihm jemand noch hätte in den Arm fallen können. Oh nein! Ganz leicht, von unten her, mit einem kurzen Ruck, genau wie er es im Felde erlernt hatte. Der Hirschfänger war nicht schlechter als sein Bajonett; er lief nur so ins Fleisch hinein.

Dann kam alles genau wie immer. Johann Bogdán stand mit vorgeprelltem Kinn, sah das zornentstellte Gesicht des gnädigen Herrn jäh sich glätten, ganz weich und ruhig werden, wie ausgebügelt. Er sah seine Augen sich weiten, – sah ihn erstaunt herüberschauen, genau wie ein getroffener Russ, – mit der vorwurfsvollen Frage im Blick: »Was machst du denn?« Nur das Niedersinken konnte er nicht mehr sehen, denn ein mächtiger Schlag traf ihn von irgendwoher auf den Hinterkopf, krachend, als stürzte aus unendlicher Höhe ein Wasserfall zermalmend auf ihn herab. Eine Sekunde lang sah er noch das Gesicht der Marcsa, umrahmt von einem flammenden Rad, dann fiel er mit gespaltenem Schädel auf seinen Herrn, der schon zuckend auf der Erde lag.

9 791029 916182